Águas-vivas não têm ouvidos

F✸SF✸R✸

ADÈLE ROSENFELD

# Águas-vivas não têm ouvidos

*Tradução*
FLAVIA LAGO

*Sem dúvida, a linguagem tem um tanto de acessível e algo de indizível. E de indecifrável. O acesso não está nem dentro nem fora. Escondido, mas ainda ali. O imperceptível é nossa cumplicidade, única e sorridente.*

Thierry Metz, *L'Homme qui penche*

*Cada palavra é um buraco, um abismo, uma armadilha.*

Ghérasim Luca

# 1

ERA O EDIFÍCIO CASTAIGNE, eu tinha ouvido Castanha. Antes de passar pelas portas duplas como nos antigos faroestes, havia uma pequena placa que indicava "Otorrinolaringologia (ORL) e Cirurgia cervicofacial, Serviço de implantodontia". Apenas otor-rino-laringologia me era familiar. Quando criança, imaginava que devia ser algo relacionado ao estudo dos rinocerontes.

Em meus ouvidos, golpes abafados batiam na mesma frequência de minha pulsação. Sentei no final do corredor, perto de uma mesa coberta por revistas especializadas em surdez, uma delas com relatos sobre o isolamento no trabalho. Meus olhos se levantavam a cada linha para não perder o chamado da consulta, quando constatei que uma senhora de cadeira de rodas estava sentada diante de mim, atrás da revista *Trinta milhões de surdos*. Pude ler uma das frases em destaque na capa: "Como a linguagem pode tranquilizar ou reconfortar: o perigo de complicar ao amenizar definições. Surdos, cegos, idosos, deficientes intelectuais, temos vergonha de falar de vocês; nas clínicas especializadas, pessoas com deficiência auditiva ou, ainda, pessoas com deficiência visual e na terceira idade. Um dia chamaremos mortos de pessoas não vivas". Quando percebi que a senhora, ou a pessoa na terceira idade, ou a idosa — não sabia mais como nomeá-la — gritava algo, eu a interrompi: "Senhora, com certeza eu não ouço melhor que você", mas ela não me ouviu e continuou seu monólogo sincopado.

Um homem pôs fim ao diálogo distorcido: "Nossa vez, vamos". Então o segui até a cabine acolchoada, e a porta atrás de mim se fechou. Observei a enorme maçaneta de ferro cromado sem deixar de fazer um paralelo com as câmaras frias dos açougues. Nesse momento, o som foi meticulosamente cortado em fatias. O homem ajeitou o fone em meus ouvidos com delicadeza, como se fixasse eletrodos na cabeça de um frango, e me deu uma espécie de controle. Os primeiros sons me alcançaram, mas nem todos, alguns pulsavam contra meu tímpano.

Em seguida, foi a vez das palavras, era para repetir a lista como um papagaio rouco. Muitas vezes aquilo soava absurdo, e era preciso lutar contra a imaginação que me invadia nos intervalos.

cabelo,
limão,
rocha,
soldado,
lírio,
botão,
vidraceiro,
bainha,
bacia.

A voz grave ditava as palavras que se esvaíam aos poucos até se perderem na névoa. Era preciso acompanhá-las com a alma, e lutar contra as paisagens que se desenhavam na luz do fim do dia; um refúgio contra os furos de canhão da linguagem. Eu tinha o hábito de divagar pelos silêncios e pelas palavras perdidas, deixando-me envolver pela potência imaginária delas, mas dessa vez o real estava claramente comprometido pelos sons esparsos que as imagens encarnavam em mim com uma força inédita. Ali, imergi em um universo antigo do pós-guerra, na história de um marido que volta para sua terra, vindo dos mortos, e que redescobre um mundo esquecido. Eu via seu rosto recortado pela luz, ele a nomear as coisas com uma voz átona, resgatando sua própria existência. Ele disse "cabelo" e seu olhar se perdeu nos cachos de sua mulher, que soluçava em silêncio; depois, seus olhos se viraram para a cesta de frutas e ele disse "limão", então levantou o rosto em direção à janela, da qual se via a encosta íngreme da Bretanha, que ele indicou com os lábios: "rocha". E se lembrou de onde vinha: "soldado", e de todas as estações que viveu como um soldado. Ao ver o resto de primavera que se esvaía entre eles, disse "lírio", e foi como se isso rasgasse seu peito. Baixou o olhar para esconder os olhos marejados e pronunciou "botão", seu uniforme o fez relembrar os outros soldados. Seus lábios insinuaram "vidraceiro" e, sob seus olhos, aquele companheiro estava morto, mas os lábios continuaram murmurando algo que sua mulher não escutou direito, "bainha" — o vidraceiro sempre guardava consigo um pedaço do vestido da mulher que amava. O soldado não conseguiu conter o sorriso que o atravessou, até pronunciar "bacia" suficientemente alto para assustar sua mulher e o olhar amedrontado dela lembrá-lo da bacia de outro soldado, estilhaçada por um tiro da artilharia.

"Agora passaremos para a esquerda", disse o técnico do audiômetro, apontando para minha outra orelha. A história do soldado ainda ressoava em minha orelha surda. Os sons que batiam em meu tímpano morto compunham a trilha sonora daquelas lembranças. O vestígio das palavras tinha se transformado em presença.

Sentei de novo nos bancos da sala de espera para analisar os estragos no audiograma. Observei atentamente a curva sobre o papel quadriculado com as abscissas e coordenadas que mediam o som. Poderia ser a vista aérea do Dia do Desembarque na Normandia: a maré de silêncio já havia recoberto mais de metade da página.

## 2

NO CONSULTÓRIO DA OTORRINO, cartazes com ouvidos decoravam a sala de tons vermelhos e azuis. A parte externa da orelha era rosa, enquanto a parte interna do ouvido era amarelo-clara, vermelho-carmim e bege-rosada, desembocando em um labirinto azul: a cóclea. Parecia mais um escargot da Borgonha bem cozido.

A médica sentou em sua cadeira, o prontuário com todos os meus audiogramas nas mãos, e articulou excessivamente cada sílaba. Não era bom sinal, uma médica especialista em implantes diante do seu audiograma mais recente falando como se você fosse uma tonta. Comecei a me sentir mal.

"De fato, você perdeu quinze decibéis, é bastante."

Eu expliquei como tinha acontecido, ou melhor, como não tinha acontecido.

Nenhum sinal de alerta — por que mesmo os sinais precisavam alertar?

Minha audição ruiu, sem pistas.

Quer dizer, houve dois momentos em que tomei consciência de que o som tinha sido cortado.

A primeira vez, em Londres, no começo de agosto, quando tomava um café e o garçom falou comigo. Ele estava lá, os lábios se mexendo, e nenhum som saía de sua boca. Balbuciei em um inglês intuitivo que eu não estava entendendo o que ele dizia, nada, não mais, o rosto devastado. Ele me respondeu, enfim, acho que era sua resposta entre os lábios e as palavras que rasgavam o ar, que eu falava inglês muito mal. Ali, perdi a trilha sonora. Na cidade de Londres, na esquina da Churchway com a Stoneway, a maré recuou.

A segunda vez, na Bretanha, em Plougrescant, tinha ido visitar um amigo e, enquanto jantávamos, a trilha sonora parou de tocar novamente. Eu podia ver seus cabelos brancos e sua boca se alongando em sorrisos, a história corria pelo ar, seguindo o canto dos seus lábios, mas o silêncio havia recoberto o encontro como um muro de chumbo. Eu decifrava, porém, "Brasil", ele devia estar falando de sua conferência. Eu ria para disfarçar.

Eu disse à médica: "Foi acontecendo progressivamente, em agosto".

Ela respondeu que era preciso uma internação para tentar um tratamento, mas não era certeza se daria resultado. E que havia também outra *solução*: "um implante coclear". A médica sugeriu um implante no ouvido direito, que ainda funcionava; sobre o ouvido esquerdo, a intervenção resultaria apenas em um ruído ininteligível. Ela afirmou que depois de um longo período de reeducação, de seis meses a um ano, eu ouviria melhor em todas as frequências. No entanto, era uma operação irreversível e eu perderia minha audição "natural".

Os poucos cílios que me restavam no fundo do ouvido captavam os sons agudos e alguns graves e me permitiam reconstruir o sentido além de, sobretudo, captar o calor dos sons, essa pátina feita de vento, de cor e de todas as texturas que o som pode ter.

Olhei para os botões de plástico cinza e azuis das amostras de implantes que estavam sobre a mesa. Facilmente se passariam por ímãs de geladeira.

Eu não soube mais o que dizer, ela apertou minha mão e a segurei como se me agarrasse a um galho.

# 3

PASSEI PARA A SALA 237 para a secretária me dar os documentos e fui até o prédio Babinski, nome de um neurologista do começo do século 20. Era possível ver seu retrato na entrada, no pequeno folheto turístico em papel: Joseph Babinski (1857-1932).

Soube que ele se tornou conhecido por conta de um exame neurológico que consistia em tocar na sola do pé de adultos e bebês para detectar casos de demência. Menos famoso foi seu conceito de pitiatismo (do grego "persuadir"), que teve grandes consequências em inúmeros soldados da Primeira Guerra. À época, os traumas ligados à guerra não eram estudados. Ao lado do professor Jean-Martin Charcot, diretor da escola de neurologia, Babinski definiu uma nova forma de histeria: na ausência de uma relação aparente de causa e efeito, inúmeros soldados que tinham esses distúrbios eram considerados órfãos.

*Órfã.*

Era justamente isso que eu sempre senti, como se não pertencesse a nenhum mundo. Não sou suficientemente surda para me enquadrar na cultura surda, nem suficientemente ouvinte para fazer parte do mundo dos ouvintes. Tudo sempre esteve ligado àquilo que eu considerava ser ou não ser. Os efeitos colaterais que aos poucos foram danificando meu ego e a confiança em mim mesma eram, para os outros, distúrbios órfãos incompreendidos. Será que o vazio que eu sentia vinha daí? Seria necessário preencher essa ausência com excessos?

"Pra você, tudo é ou branco ou preto", repetiam. E eu ouvia algo parecido com "buraco negro".

"Você só ouve o que quer."

Como poderia convencê-los do contrário?

No entanto, no hospital, a realidade era bem evidente e o foco era a origem da obstrução.

Ao meu lado, minha mãe comentava, surpresa: "Você viu, tiraram a primeira foto de um buraco negro", ela me dizia, mostrando a capa do jornal.

# 4

O QUARTO FICAVA NO SEGUNDO ANDAR, e pude ajeitar minhas coisas lá, pois eu tinha uma programação extensa e um protocolo a respeitar. Uma enfermeira chegou e me fez várias perguntas meio absurdas a respeito dos meus hábitos de banho: ducha ou banheira? Jacuzzi, claro.

A enfermeira saiu, apertou uma campainha e logo minha mãe também foi embora. Ainda era difícil acreditar que meus ouvidos tinham me levado até ali. Eu havia feito de tudo para amordaçá-los em segredo, mas eles ganharam tamanha força que me aprisionaram entre aquelas quatro paredes brancas, me obrigando a reconsiderar toda a minha história.

Eu até havia tentado resolver a questão com anos de negação, e outros tantos combatendo essa negação, ajustando minha existência de um lado para o outro, mas a perda de audição fez tudo isso explodir.

A porta se abriu e um enfermeiro que respondia pelo nome de Eddy chegou para perfurar meu tímpano, injetando substâncias diretamente no órgão auditivo. O anestésico não servia de nada, consistia apenas num protocolo para dizer que o procedimento era suportável. Mas, quando vi a agulha, não conseguia acreditar. Ele ia enfiar aquilo no meu ouvido? Senti meu tímpano se encolher como uma ostra quando borrifamos limão nela.

O protocolo também compreendia uma visita à psicóloga, uma mulher grande de olhar triste. Com um gesto delicado, ela me mostrou a poltrona diante dela e informou que aquela sessão era uma entrevista informal, apenas para conhecer a minha trajetória como surda. Desatei a falar do meu currículo, quase um boletim escolar nota máxima, um diploma no bolso — não ajudou muito.

A psicóloga acolheu minha fala, apesar do semblante sério, e esboçou um relatório, tomando o cuidado de repetir toda vez que eu levantava a sobrancelha: eu havia despendido tanta energia para me adaptar que devia estar sem ar, a perda recente poderia trazer de volta velhos fantasmas traumáticos.

Nesse caso, eu não estava sozinha, ela afirmou, todos os surdos passam por períodos de depressão, resultado de todos os esforços acumulados que não são notados pela sociedade ouvinte. É difícil medir toda essa energia e o entorno tem dificuldade para perceber, é próprio dessa deficiência invisível. O surdo tende, portanto, a se isolar do mundo.

Diante da minha cara devastada de perguntas, ela tentou me reconfortar:

"Há alternativas, e o implante é uma delas."

"Mas, com um implante, eu não vou mais ouvir como ouvia antes."

"Seu cérebro vai esquecer o que antes fazia sentido."

E ainda acrescentou: "É verdade que podemos falar de uma espécie de luto, perdemos uma coisa e não sabemos o que vamos encontrar".

# 5

ESSE PERÍODO NO HOSPITAL dependia do prontuário. Despejavam documentos e mais documentos, mas ninguém lia nada, eram apenas um passe para justificar a minha presença ali. Meus dias eram uma sequência de exames-surpresa que, por fim, surpreendiam todo mundo. "Você está aqui desde quando?", "Qual tratamento?", um monte de rostos fazendo um monte de perguntas por simplesmente ignorar a papelada.

Meu prontuário não importava muito, mas me apressavam para não perder nenhuma consulta. "Quais?", eu perguntava, "Minha colega vai te informar." Todos eram colegas, mas nenhum deles sabia nada a meu respeito.

A confiança na equipe médica se deteriorava e aquilo me fazia piorar. Odiava a visita dos médicos-chefes acompanhados por sua horda de residentes, como adolescentes emburrados, levados à força para o litoral em um dia de chuva.

O mundo me oprimia: no perímetro do meu quarto, eu era uma paciente, uma futura usuária de um implante coclear. A capela era o único lugar onde eu conseguia me proteger de tudo. Uma capela do século 17, com planta em cruz grega, escondida nos corredores do hospital. Eu, que sempre fugi desses espaços religiosos, encontrei ali o único espaço de descanso. Era uma capela dedicada a santa Rita, da ordem dos agostinianos, irmã das causas impossíveis e dos desesperados. Podíamos pedir por sua intercessão. Escrevi um bilhete, mesmo sabendo que ela também não tinha acesso ao meu prontuário.

Todos os dias, eu me arrastava pelo edifício Babinski com aquela perfusão no tímpano, ouvindo batidas como se estivessem batendo as estacas da fundação de um prédio, depois subia lentamente para o quarto, em uma procissão silenciosa, com minha bengala metálica parecendo um cajado de camponês. Já em meu quarto, mastigava uma refeição insossa diante da noite enluarada.

Sonhei que meu soldado me acalentava antes de dormir cantando uma música cuja letra não tinha consoantes. Santa Rita rodopiava as várias camadas de vestido de boneca russa que usava para se proteger do frio. A música sem consoantes se perdia na neve, a linha do baixo estalava, as vogais se desvaneciam ao tocar nos pequenos flocos.

Apesar do chamado da enfermeira, eu nunca conseguia ouvir a porta se abrir de manhã. As enfermeiras pareciam irritadas. Mesmo na ala de otorrinolaringologia, não ouvir bem trazia à tona a luta de classes entre surdos e ouvintes.

No último dia, eu tive uma consulta com uma especialista antes de receber alta do hospital: "O tratamento não foi conclusivo por enquanto", a médica disse, segurando uma pasta cheia de outros agendamentos.

Vagando em direção à saída, atravessando os corredores, as alas e o jardim, tentei refletir sobre meu devir-silêncio.*

---

* A expressão "devir-silêncio" — do francês *devenir-silence* — é um neologismo inspirado no conceito de "devir" (*devenir*) de Deleuze. (N.T.)

# 6

DE VOLTA À VIDA NORMAL, a rua parecia um mundo de Playmobil, tão irreal com seus edifícios-caixa e vias longilíneas. As raízes das árvores plantadas ao longo das avenidas levantavam o cimento. Estávamos em outubro e as castanheiras já estavam só pele e osso. "Vamos tomar alguma coisa para comemorar sua volta!", propôs meu amigo-vizinho.

Ao chegar em casa, senti um prazer imenso em me vestir com roupas macias que cobriam meu corpo dolorido e, conforme me olhava, sentia que aquele espaço de novo me pertencia. Todos os ruídos se coagulavam e se distanciavam como numa fusão, desde as sirenes de ambulância na rua até as descargas de água, formando apenas uma corrente de chiados com saliências estridentes.

Ao chegar no restaurante, o amigo-vizinho me aguardava e seu beijo acompanhado da voz grossa esconderam o burburinho ao redor. Fixei-me em suas palavras rodeadas de sons agudos. Quando meu olhar não estava vidrado em seus lábios, sua voz parecia calorosa, os sons tinham um contorno bem preciso, como um eclipse solar. Eu não conseguia ouvir o tom médio das batidas do coração; mas o círculo luminoso formado pelos sons agudos me permitia acessar o sentido. Conseguia acompanhar quase tudo o que ele me dizia e aquilo me deixou feliz. Nós rimos naquela noite de retorno ao mundo. Depois, ele voltou a ficar sério.

Foi quando começou a falar de um arquiteto do Japão, da igreja de cimento que ele havia construído com uma cruz enorme talhada como janela no altar principal; a luz externa irradiava sua forma. Foi impossível não pensar que tal imagem servia muito bem para a percepção que eu tinha da voz dele, os agudos cortando a textura pesada e cinzenta dos sons médios, amparados pela luz do sentido.

"Tadao Ando!", ele exclamou.

E, diante da minha expressão assustada, completou:

"Tadao Ando é o nome do arquiteto de quem te falei."

Seus grandes olhos azuis sorriam e os meus também. O álcool começava a balançar as palavras extremamente combalidas pelos meus ouvidos sem células ciliares. O hálito etílico me lembrava o cheiro de antisséptico. Eu podia ter uma overdose de alcachofras. Meu amigo não gostava de alcachofra e me ofereceu as dele. Ele também começava a ficar alegre, suas frases estavam mais soltas e seus olhares mais insistentes. Depois de oito dias no hospital, aquele jantar na companhia de um homem me atordoava. De repente, ele me pareceu triste, pude ver o contorno azulado de suas olheiras. Havia uma força nas profundezas de seu olhar, os olhos azuis em forma de veleiro perdiam-se violentamente em meio à ansiedade. Por um instante, achei que tinha visto meu soldado.

Sua silhueta apareceu atrás do amigo-vizinho, seus cabelos se misturavam, os cachos escuros do meu soldado faziam sombra nos cachos loiros do amigo-vizinho.

"O que você está olhando?"

Meus olhos mergulharam de novo em seus lábios, formando um turbilhão de palavras, e sua língua se mexia como um sino dentro da boca.

Do que ele estava falando? Entre nós, à mesa, eu havia perdido o assunto. Os sinais corporais não explicavam nada a respeito da temática — mas eu sentia o impulso silencioso —, as mãos davam uma intensidade dramática ao assunto, mas não revelavam nada. Tampouco os olhos, e era isso que eu detestava mais: os olhos verificavam se eu tinha entendido. Felizmente, não tenho olhos azuis, e é preciso se contentar com pouco. Com meus olhos escuros, escondo a função fática da linguagem, aquele jogo social. Ao menos, no escuro, não há nada a sondar. Atrás dos meus olhos escuros me sinto protegida, o outro nunca saberá se entendi ou não. Atrás dos meus olhos escuros tapo as brechas, conduzo a conversa. Como num jogo de forca:

"TE_ _ I_ _U?", perguntou o garçom.

Pela aparência do meu prato, supus que ele queria limpar a mesa. O que o garçom poderia dizer em apenas uma palavra? As mãos grandes do meu soldado formavam uma cruz e me davam uma pista: acabou? Um sinônimo um pouco mais longo? Tarde demais, o amigo-vizinho respondeu por mim e o prato foi retirado. Os cachos morenos desapareceram, meu soldado tinha ido embora. Ao sair, todo meu incômodo passou com a calmaria da rua em pleno inverno, a voz do amigo-vizinho voltou a ser aconchegante. Nossos corpos andavam lado a lado, nossos passos se aproximavam pela embriaguez da noite.

Perto da porta de seu apartamento, no pátio do nosso prédio, senti uma nova cumplicidade, e quando sua boca encontrou a minha, me senti como um limão erógeno espremido em seus braços.

Os cachos claros ou escuros sacudiam sobre os lençóis, se enrolavam em meus dedos, em meus mamilos. E, enquanto redesenhávamos os caminhos percorridos mil vezes pelos nossos corpos, logo senti que nosso desejo não era suficiente para ser chamado de amor. Deitada ao seu lado, eu o observava enquanto dormia, quando finalmente caí no sono.

# 7

DE MANHÃ, A CAMA ESTAVA FRIA. Levei um tempo para entender onde eu estava e, quando entendi, fui logo procurando minhas coisas espalhadas pelo chão. Ao puxar minha calça pela barra, recolhi o casaco azul do soldado, meu agasalho estava em cima da calça dele e minhas ataduras se esticavam até o corredor onde estavam o quepe e as botas.

O hospital ainda se fazia muito presente, tudo aquilo não havia passado.

De volta ao meu apartamento, agarrei-me desesperadamente às últimas sensações, mas dentro de mim não havia nada mais do que um vasto campo de papoulas.

Nos dias seguintes, não encontrei nem meu soldado nem o amigo-vizinho. Não sabia dizer se era eu que fugia deles ou se eles é que me evitavam.

Fiquei prostrada em casa tentando mapear meu devir-silêncio no espaço reconfortante de paredes conhecidas, sem coragem de enfrentar o mundo exterior e seu burburinho irreconhecível.

Os ruídos da rua não passavam de zumbidos, zero relevo na massa informe. Antes, eu podia distinguir extratos sobrepostos, ao passo que hoje tudo é plano.

"Desde a infância você está em cima de uma corda, foi encontrando meios de viver entre dois mundos aos quais não pertence completamente, e quando se inclina mais para um dos lados, como agora, com seus quinze decibéis a menos, a corda desaparece e é preciso reaprender a ouvir", explicou o fonoaudiólogo diante do meu rosto sem expressão. A voz dele, com timbre bem marcado, ainda era compreensível para mim.

O exterior se tornou fonte de angústia, mas era preciso abastecer o apartamento onde me sentia emparedada. No supermercado, as vozes se fundiam em um eco uníssono. Uma onda de febre tomou conta de todos os sons: os vidros de conserva que o funcionário organizava nas prateleiras estalavam os dentes; os bipes do leitor de código de barras no caixa se misturavam com a voz cadenciada das mulheres em explosões alucinantes; a faca do açougueiro fazia um barulho de tosse seca. No caixa, ouvi "bom jia" ou "bom nia". "Você (*chiados*), hein" (1×), eu disse "sim", sem entender (2×), disse "não" sem entender (3×), disse "não sei" sem entender. A tensão estava no ar, paguei e nos separamos irritados, eu e o caixa.

Entendi depois que o fenômeno dos chiados tinha um nome: "deformação psicoacústica". O cérebro, sem ter absorvido a perda das frequências grave-médio, funciona como uma televisão em dias de tempestade.

À noite, um som estranho habitava meu quarto. Batidas secas e irregulares sobre um fundo gutural me perseguiam até eu cair no sono profundo. O soldado apareceu em uma das minhas caminhadas insones, no canto da sala, brincando com um bilboquê, a bola se encaixando, uma hora sim outra não, na parte de baixo que ele segurava com firmeza em uma das mãos. Da garganta dele saiu um *mm* gutural. Achei que, como eu, ele resgatava a linguagem com o brinquedo, aprendendo a encaixar o *e* no *o* com o bilboquê.

Às vezes, as vibrações ligadas aos impactos da bola no chão me acordavam à noite ou logo cedo e quando abria os olhos as últimas espirais de fumaça do cigarro do soldado se confundiam com a neblina da manhã.

"Tenho ouvido barulhos estranhos durante à noite", eu disse para o fonoaudiólogo.

"São os zumbidos."

"Também tem os terremotos, de magnitude três na escala Richter, eu diria."

"Pode ser a máquina de lavar roupa dos vizinhos na hora de centrifugar."

# 8

NÃO RECEBI NENHUMA VISITA; a não ser da minha mãe, que veio ver se eu ainda estava mais ou menos viva. Além de me perder na oscilação dos sons médios e agudos da voz dela, meus olhos desfocavam de cansaço e as palavras se deformavam em seus lábios.

"(*movimento descontínuo dos lábios, olhos vidrados*) ursos (*boca que saboreia, olhos que imitam satisfação*), floresta, estava delicioso."

Consenti sem compreender, e me deixei levar pelas imagens da minha mãe caminhando na floresta, sem dúvida nos Pireneus, na casa de uma de suas amigas. Eu a imaginei curtindo estar viva, mesmo com a presença de alguns ursos que foram reintroduzidos naquela região.

Meus olhos conseguiram focar em seus lábios:

"Você já experimentou?", ela me perguntou.

"O quê, mãe? Caminhar pela floresta?"

Torci para que a luz não mudasse, para que as sombras permanecessem no mesmo lugar, para não embaçar o modelado perfeito dos lábios da minha mãe no sofá.

"Não, o alho-de-urso, você já experimentou, eu comprei no (*uma nuvem passou, escorreguei nas vogais, depois veio uma se-*

*quência de* p, d *e* t, *talvez de* b, *e o sol reapareceu*). Além disso, *oquebaistem* são *ardditivos* nos cereais."

Aditivos nos cereais. O.k., o assunto não me interessava tanto a ponto de prender minha atenção.

"Por que você não me ouve?", ela me perguntou, aflita.

"Cereais me deprimem."

Agora era a vez de ela olhar sem entender.

Nem eu nem ela escolhíamos o assunto, portanto. Só fazíamos apostas. Mas, enfim, quem dava as cartas das conversas?

# 9

NOS DIAS SEGUINTES, voltei todos os poros da minha pele em direção ao silêncio. Esticando-a como uma tela em direção à luz, para me apropriar das texturas dos sons. À noite, retomei o antigo ritual que adotava desde a infância, de esfregar meus ouvidos no travesseiro. Era o meu próprio audiograma, um medidor do meu medo de ficar totalmente surda. Surda e cega na escuridão. O travesseiro sempre fazia o mesmo som de papel crepom, e era reconfortante. Mas agora o travesseiro não deslizava mais como antes. O som tinha se tornado distante, grave, embora já tivesse sido bem agudo e vivo; o som tinha se tornado cinza.

Surgiram sinais de nervosismo: enrolei meus cabelos em torno dos dedos e, à medida que meu gesto se tornava cada vez mais compulsivo, uma voz surgiu:

"Você realmente acreditou que nos cortar resolveria as coisas?"

Meus cabelos ainda estavam chateados por eu tê-los raspado dez anos antes.

"Já falamos disso. Achei que resolveria as coisas, que ao lhes raspar eu tornaria minha deficiência visível."

"Você cuidou tanto da gente e, de um dia para o outro, nos cortou em mil pedaços."

"Eu queria que vissem meu aparelho, que vissem a minha dificuldade."

Os cabelos continuaram a resmungar, de mau humor: "Você vai ver quando tiver um câncer como vai se arrepender de ter feito isso".

Parei de acariciá-los.

Mesmo com a cabeça raspada, nada havia mudado. Infelizmente, a compreensão da minha deficiência não era proporcional à visibilidade do meu aparelho auditivo.

Tive a sensação de ter sido largada ali, sem manual de instruções, em uma sociedade que exigia de mim, como de todos os cidadãos, que eu encontrasse meu lugar e o ocupasse.

Às vezes, eu via o soldado inquieto, que passava como uma sombra, os passos hesitantes. E até sentia seu olhar admirado sobre mim. Duas vezes por dia, ele me trazia uma tigela de sopa, sempre a mesma sopa diluída em água. Em seus olhos enormes, eu via que ele não a misturava em círculos. Aproximava sua mão trêmula na direção da caixa de sopa instantânea e, com o olhar vidrado, diluía desajeitadamente a mistura na água.

Permaneci enclausurada em meu silêncio, mas o soldado insistia na sopa instantânea, mexendo sem parar a água marrom, os olhos fixos, grandes e abertos. O barulho da colher na panela rachava as paredes, era como um exército sendo derrotado, acabando com meu refúgio silencioso.

Coloquei minha mão sobre seu ombro para trazê-lo de volta à realidade, mas, como nada daquilo era real, ele continuou a batucar na panela.

Há algum tempo, li que o medo da invasão inimiga tinha gerado uma onda de traumas mentais, levando soldados à deserção antes mesmo de irem para o front. Um comandante de batalhão chegou a desenvolver uma obsessão paranoica por causa dos rumores em torno das sopas instantâneas. Em 1914, os grandes anúncios de propaganda das sopas, importados da Alemanha, foram instalados sobre as casas, nas esquinas, e dizia-se que serviam de placas indicativas para guiar os alemães a Paris.

Tentei acalmar o soldado soprando de leve sua nuca, para acariciá-lo com silêncio, para distanciar a derrota, os ruídos dos casacos e das cartucheiras, o pavor do inimigo. Ele ralentou o ritmo de sua mão, depois parou completamente de bater sua raiva.

Meditei com os olhos fechados. Aquilo ecoava em mim mesma a guerra que se deu entre minhas duas partes, a surda e a ouvinte. Eu estava acostumada à obscuridade do silêncio, mas não podia esquecer a ouvinte.

Era tempo de sair.

# 10

RETOMEI AS RÉDEAS DA MINHA EXISTÊNCIA, me livrei das sopas instantâneas e fui em busca de emprego. Enquanto inundava o mercado de trabalho de curriculum vitae com certificado de "trabalhadora PcD", o soldado fumava ao sol.

A primeira resposta positiva que recebi foi para uma vaga temporária em uma prefeitura. A ficha estava um pouco borrada nas margens, o que correspondia exatamente ao meu perfil e a minha motivação.

Pelo correio, recebi a convocação para uma entrevista com uma pessoa que parecia ser a chefe do departamento. O dia da entrevista chegou e, morrendo de pavor de não entender nada, revi a maneira como ia me apresentar. O que poderia responder sobre questões a respeito de reuniões, do telefone? Eu não sabia mais o que era ou não capaz de fazer.

A prefeitura ficava a trinta minutos de ônibus da minha casa. Era um anexo, um prédio entalado entre duas construções haussmannianas das quais destoava pela porta de entrada envidraçada e a fachada que alternava estuque e vidro polarizado. Depois de passar pelo detector de metais, cheguei a uma salinha que, com suas cadeiras de plástico azul parafusadas umas nas outras e sua bananeira artificial, lembrava a sala de espera de uma estação de trem do interior. Uma mulher alta, pálida e encurvada veio até mim, apertou de leve a minha mão e pediu para que a acompanhasse.

Enquanto ainda acertava o passo, tentando adivinhar o que ela me dizia, sua voz anasalada se perdia no eco das paredes. Eu era incapaz de lhe explicar a situação, e preferi exibir um sorriso besta que ela notou ao virar a cabeça para ver se eu ainda a seguia. Não sabia se o que ela havia me dito aguardava alguma resposta, se ela já tinha me julgado ou se ainda não havia percebido nada, mas quando entrei em sua sala a tensão era palpável.

Sentei na poltrona em frente à dela e observei as pilhas de documentos que formavam uma muralha entre nós. Infelizmente, para mim, a cabeça dela ficou eclipsada atrás do monitor, que por sua vez soprava um ar quente em meu rosto, aumentando ainda mais meu desconforto.

"Então, você (*eu me contorcia na poltrona para ler seus lábios mas a figura pálida se desviava do meu campo de visão*) do verão."

Talvez ela fizesse menção a algum trabalho esporádico de verão? Acho que não.

Talvez ela perguntasse a respeito das minhas férias de verão? Impossível.

Talvez ela quisesse saber se aproveitei o último verão? Não fazia sentido.

Pode ter dito "visão" no lugar de "verão", e começado a entrevista querendo ter uma visão mais completa das minhas experiências profissionais.

De qualquer modo, respondi: "Sim".

Sua cabeça emergiu de trás da tela e me julgou com surpresa, antes de se esconder atrás de sua masmorra.

Depois, tive a impressão de ouvir, em meio a pigarros ou grunhidos, a palavra "pretensioso". A lembrança dos fonemas não me levava a nada além disso. Seria eu a pretensiosa? O que eu poderia ter dito antes de tão inconveniente? O que ela queria dizer?

A raiva me inundou, os grunhidos ficaram cada vez mais altos.

"Você sabe (*resmungos*) nós (*grunhidos*)", disse a voz atrás do computador.

Ouvi apenas latidos, gemidos, resmungos, ao meu redor tudo não passava de barulho de cachorro maltratado.

Uma campainha começou a tocar, seria um alarme de incêndio? Meu corpo inteiro entrou em pânico. A chefe do departamento apalpou as pastas em cima da mesa e retirou um gancho de telefone do meio da volumosa pilha de documentos.

Era só isso!

Murmurei um "desculpa", mostrando três quartos de rosto para provar que eu não conseguia ouvir a conversa, mas que estava disponível; tudo isso acompanhado de um sorriso descontraído.

Olhava seu teclado pelo canto do olho, tentando conter minha vontade de saltar a mil metros daquele dia de fracasso total.

Foi então que senti um sopro quente em minhas pernas, e não era o ventilador do computador. Aproveitei a distração da minha interlocutora para olhar embaixo da poltrona, quando uma dor me fez soltar um grito. Um pastor alemão ou um cão lobo tchecoslovaco ou um bull terrier tinha mordido minha panturrilha. Ele me olhou com seu único olho — o outro estava ferido —, a boca aberta, pronta para contra-atacar. Fiquei em choque, fechei os olhos e, bem devagar, levantei meus pés para o assento, até que meus joelhos ficassem colados contra meu peito quando a chefe do departamento desligou o telefone.

Ela me olhou indignada. Retomei a posição correta rezando para não ser atacada pelo cachorro, que batia seu rabo contra o chão. Aparentemente, a chefe de departamento não tinha percebido nada.

"(*grunhidos*) programa *handicap*." Parecia ser uma pergunta. O que responder? Explicar a surdez, a confusão, como falar disso sem tremor na voz? O momento que eu temia havia chegado, ela faria uma série de perguntas constrangedoras. Sem refletir e tentando despistar, respondi:

"*Handicap* é originalmente um termo do hipismo, surgido no século 18 nas pistas de corrida da Inglaterra. O valor das apostas nos cavalos era recolhido em um chapéu, *cap* em inglês. Na França, o termo *handicapé* designa uma corrida na qual as chances dos concorrentes são igualadas ao repartirem-se as desvantagens."

E, mesmo diante do seu olhar de espanto, concluí: "Apostando em mim, você preenche a cota de funcionários com deficiência e ganha a corrida. Só vejo vantagens!".

Ela se levantou, demonstrando assim que a entrevista chegara ao fim, estendeu levemente sua mão macia, a qual segurei com a minha suada, e me acompanhou em direção à porta.

# 11

DEIXEI ÀS PRESSAS AQUELE ANEXO pré-fabricado e o cachorro estranho. Ele me seguiu até a saída. O que estaria fazendo ali? Ele tentou me morder, os beiços arreganhados, mas parei e disse "não", com o dedo apontado para ele, aguardando pacientemente que os sinais de hostilidade desaparecessem. Ninguém parecia prestar atenção nele. No entanto, era um cachorro enorme, de pelos escuros e corpo avantajado. Esperei que sumisse rápido, da mesma forma que aparecera, mas ele me seguiu até em casa.

No corredor do prédio, liguei para minha mãe.

"Alô, mãe, acho que consegui. Não sei ainda para qual cargo, mas não fiz essa pergunta, porque era bem provável que eu não entendesse a resposta, você sabe, a chefe do departamento tem a voz no tom médio, não ouço quase nada. Não, eu gritei foi com o cachorro."

"Mas está tudo bem?", ela perguntou com a voz preocupada.

"Desculpe, é que tem um cachorro que me seguiu da prefeitura até aqui."

"Liga para o zoológico."

Zoológico? Minha mãe sempre tinha ideias engraçadas.

"Oi!" Reconheci a voz-luz do meu vizinho. Fiz um sinal mostrando meu telefone para que ele entendesse que seria difícil cumprimentá-lo.

"Tá, mãe, vou ligar para o zoológico."

"Ai, não (*ouvi o riso abafado da minha mãe, ou talvez fosse o barulho do sinal interrompido pelo metrô*), para o Centro de Zoonoses."

O vizinho me olhava de canto de olho, levantando o cigarro preso entre o polegar e o indicador.

"Não estou te ouvindo, mãe, a gente se fala mais tarde."

O deus das comunicações interrompidas conseguiu se antecipar e a ligação caiu.

Cumprimentei o vizinho com um beijo na bochecha e dei um pontapé no cachorro que pulava freneticamente ao nosso redor.

"Não sei o que está acontecendo comigo, esse bicho está me seguindo há um tempo", disse a ele, apontando para o cachorro que parecia querer brincar.

O vizinho me olhou, surpreso, soltando a fumaça no meu rosto: "Que bicho? Do que você está falando?".

Virei a cabeça e o animal havia desaparecido. Incomodada, levantei os olhos na direção do rosto bronzeado do vizinho.

"Tá tudo bem?", ele perguntou num impulso de empatia.

Falei sobre minha entrevista na prefeitura, ou melhor, sobre como ela deveria ter acontecido em um mundo ideal: "Enfim, logo devem me ligar para confirmar, ainda tem outros candidatos". Eu não tinha certeza de nada, mas preferi inventar.

"É um bom sinal se você foi a primeira a ser entrevistada. Principalmente na prefeitura, eles não ficam quebrando a cabeça com as admissões."

A mentira tem um lado bom, ela te dá chances de ter esperança.

## 12

NÃO SEI QUAL FOI O MILAGRE, mas a prefeitura ligou duas semanas depois. Adivinhei pelo número que apareceu no celular, mas meu medo de chamadas telefônicas me levou para um estado de paralisia. Hipnotizada pelo número que pulava na telinha, fui incapaz de atender. Minha vontade de saber se tinha conseguido o emprego ou não era nula. Eu me conhecia suficientemente bem para já me alegrar com aquela chamada.

Meu superego não concordava com isso e fui obrigada a pedir para minha amiga Anna escutar a mensagem na caixa postal. Captei apenas o essencial, fui escolhida para a vaga e começaria na semana seguinte. Como um zumbido, aquilo me deixou atordoada.

"Vamos comemorar!" Anna me chamou para uma de suas baladas estranhas, "Você vai ver", ela disse, lançando uma piscadinha com ar de promessa. Anna adorava baladas imprevisíveis. Ela vivia pra isso e se regozijava quando a coisa terminava mal. "É porque tenho excesso de alma", ela justificava, com os olhos atravessados por um brilho melancólico. Eu a conhecia desde o primário, já brincamos juntas com muitas minhocas mortas. Quando criança, ela confundia meu aparelho auditivo com um galho de árvore, talvez tenha sido por isso que nos tornamos amigas. Amava a ideia de que uma árvore estava presa ali, na minha orelha, mergulhando as raízes no fundo do meu órgão auditivo e seguindo atrás da parte cartilaginosa que chamamos de *hélix*, em direção à luz.

Deixei-me levar pela emoção e fui com minha amiga até o final de uma linha do RER. A voz rouca de Anna se misturava ao barulho do trem em um canto difônico. Eu tinha certeza de que ela tentava me convencer de uma das teorias que cresciam dentro dela como ervas daninhas. O que era confortável nas teorias de Anna é que ela não se importava caso eu não quisesse ouvir e isso não a magoava.

Desde uma viagem que fizemos à Andaluzia, eu conhecia tão bem a minha amiga e seus lábios grossos que conseguia lê-los em qualquer situação, mesmo sob as luzes piscantes do RER.

Durante aquele périplo andaluz, no calor escaldante do mês de agosto, a extremidade de plástico do meu aparelho auditivo se rompeu. Os lábios de Anna foram meu mapa do mundo. Eu conseguia ler, em seus relevos e suas dobras, todas as ênfases da fala e, na curvatura do arco do cupido, os diferentes graus de ironia. A geografia montanhosa das *sierras* era a versão macro dos lábios de Anna. Desde então, nunca mais precisei ouvi-la para compreendê-la.

"Seus ouvidos são inúteis, eles podem parar de funcionar e nem vai fazer diferença pra você", Anna dizia. "Será que no fundo essa sociedade merece ser ouvida?" Em seguida, ela me explicou que ao menos era um bom pretexto para brincar de *Walden* e me isolar em uma cabana na floresta até o fim da vida.

Sempre tive dúvidas sobre o fato de Anna ser a voz da razão.

No RER, naquela noite, a teoria de Anna tinha inspiração em uma de suas leituras, da qual citou um trecho: "Ao nos esforçarmos para atingir o inacessível, tornamos impossível aquilo que seria possível".

# 13

"SÓ MAIS UMA ESTAÇÃO", disse Anna. Não tive nem tempo de espiar o mapa do RER para ler o nome da cidade e já estávamos na plataforma enevoada e congelante. Os postes eram os únicos a oferecer uma perspectiva na noite escura. Um carro nos aguardava no estacionamento, um Fiat Uno enfumaçado, então corremos na direção dele. Nos acomodamos no carro depois de colar nossa bochecha molhada na cara barbuda do motorista e na totalmente sem pelo do passageiro. O carro estava empesteado com cheiro de cachorro, o que me fez ficar em silêncio durante todo o trajeto, encafifada com aquele odor que me lembrava da aparição estranha daquele bicho zarolho na prefeitura. Já Anna trocava memórias-onomatopeias com os dois caras.

    A casa onde acontecia a festa era o orgulho dos seus habitantes. Tinham comprado aquele barraco sem graça por um valor baixíssimo e o transformado em um "lugar bom para viver". Era possível ver a espuma de isolamento vazando pelo *drywall* como líquen, e o linóleo empenado sob os pés lamacentos dos convidados.

    O anfitrião tocou um sininho e os grupos de convidados foram naturalmente se dirigindo para a sala de jantar.

Éramos umas dez pessoas aglomeradas ao redor da mesa redonda de madeira. Ao meu lado, Anna me contava quem era quem: Sébastien, o barbudo, e Thomas, o de cara lisa, que tinham nos levado até ali, sentaram na nossa frente, e depois tinha um casal mais afastado. Pela cara fechada da garota, Émilie, percebi que seu namorado a arrastara para lá e que, ao menor sinal de tédio, ela lançaria um olhar de vitória para ele.

Acho que Anna a considerava do tipo de pessoa que se irrita por qualquer coisa. Ela sempre observava as falhas, como se fosse a terapeuta responsável por um grupo de desajustados. Estávamos enquadrados pelo casal anfitrião, ele, uma vagem alta encurvada, ela, um pequeno nhoque arredondado. Aos poucos a conversa começou, mas eu não conseguia ouvir a voz dos homens, graves demais para me alcançarem. As velas encaixadas em garrafas de vinho sobre a mesa iluminavam pouco os rostos e vacilavam com qualquer sopro. As risadas esbaforidas, os suspiros de Émilie ou os gestos exagerados nos mergulhavam ainda mais na penumbra. Naturalmente, então, fiquei com o papel de carregadora da tocha, cuidando para dividir igualmente a luz sobre cada um de nós. Me passei por Madre Teresa, embora, na verdade, me encarregasse daquela tarefa de maneira bem egoísta. Estava desesperada por não conseguir acompanhar a conversa, pois apenas a voz de Émilie e da Nhoque perfuravam a massa sonora.

Mais uma vez, o anfitrião tocou o sino destacando a elegância do gesto. "E agora, a entrada, amigos!", anunciou triunfante, antes de colocar um prato de porcelana no centro da mesa.

À primeira vista, parecia vazio. As bocas ao meu redor borboleteavam em comentários e risadas e, num impulso, as cabeças mergulharam juntas no centro da mesa ao notarem que algumas pílulas azuis estavam dispostas no prato. Anna se vangloriava: a festa podia começar! Cada um se serviu. "Esperem!"

Anna mostrou o jogo de tarô que tinha inventado, convidando-nos a tirar uma carta. "Cartomante" era um sobrenome que caía bem para ela.

Minha carta era "o guerreiro".

Levantamos as pequenas pílulas como se fossem hóstias. Mesmo assim, me perguntei o que estava fazendo naquela confraria inaudível. A Nhoque se aproximou de mim para contar a história de uma aranha que fixou residência em seu canal auditivo — eu tinha o dom de atrair histórias sobre ouvidos. Ela me detalhou, exaltada, todos os ruídos que ficou maravilhada ao descobrir, sendo o mais surpreendente deles o da aranha tecendo sua teia. Contei o que sabia das pesquisas do exército sobre os fios delas. Construímos, então, um pequeno casulo de amizade e de baba por meio do cuspe que voava enquanto conversávamos.

## 14

CERTA LEVEZA ME ALCANÇOU: o tecido espesso que compunha o fundo sonoro se levantou.

As conversas se contaminaram. Algumas palavras de outras vozes cobriam a fala da Nhoque. Mas eu não sabia quem estava falando, os sons permaneciam bidimensionais. Todas as frases eram como jogos de forca sonoros. Me aproximei das vozes graves, me pus diante de Sébastien, maravilhada com seu timbre: tinha a impressão de estar dentro de um sino que soava a cada consoante; meu peito vibrava nos *r*, como se fosse o próprio mecanismo que fazia a língua rolar dentro da boca dele. Tudo era muito límpido, entrei na conversa de Sébastien a respeito do canto das estrelas, Thomas dava sua opinião. Nada me escapava, até mesmo a conversa de Émilie e Nhoque sobre ciúmes.

O tratamento tinha funcionado, eu tinha recuperado meu ouvido, estava ouvindo melhor do que antes!

Eu queria comemorar o ouvido recuperado com Anna, mas ela tinha desaparecido. Eu ouvia o barulho dos meus tênis que chiavam sobre o chão, o barulho das cadeiras que rangiam. Uma risada alta, que aumentava como a tempestade, atravessou as falas. Meus ouvidos estavam magnetizados por aqueles sons adamantinos, minha vontade era rolar nas risadas como na grama molhada, e queria que Anna estivesse comigo.

"Cadê a Anna?", perguntei para as bocas sorridentes. Ninguém me respondeu.

"Cadê a Anna?", perguntei ainda mais alto. Apenas os olhares vieram na minha direção. Saí da guirlanda de bocas para me aventurar em outros cômodos à procura de Anna. As risadas se afastavam lentamente. Então, ouvir era assim? Conhecer também o relevo do som que vai diminuindo à medida que nos afastamos?

Eu, que tinha escutado apenas o preto ou o branco, escutava a extensão do som no espaço. Então, no fim do corredor escuro, vi no vão de uma porta os cabelos de Anna que estavam presos à luz. Com quem ela estaria dançando? Todos estavam reunidos na sala principal. Mas Anna nunca precisava de ninguém.

Empurrei a porta com um gesto delicado, o suficiente para ver que Anna estava de braços estendidos com a cabeça pendurada para trás e que, na verdade, não estava sozinha. Ela girava tão rápido que não consegui reconhecer a cor clara de seus cabelos e a blusa azul do dançarino de cabelos castanhos. Congelei: Anna dançava com meu soldado. Ele a fazia girar como um dervixe, o corpo rígido com a roupa desleixada, o casaco aberto sobre o peito brilhante, as gotas de suor rivalizando com os botões da jaqueta. Tudo reluzia neles, os cachos de Anna, os dentes dela, o tronco do soldado e seus botões dourados, dava para dizer que o orvalho cobria a dança sagrada deles.

Eu os olhava, embriagados naqueles giros, que pouco a pouco ficavam mais lentos. Quando voltaram a si — os corpos cansados com a respiração ofegante, como cães em pleno verão —, me aproximei com o rosto fendido por um sorriso feliz. A risada de Anna se enfraqueceu devagar, pude ouvir o ar entrar e sair de sua caixa torácica e, pela primeira vez, ouvi um leve assobio na sua respiração de asmática. Quanto ao soldado, pude perceber o marulhar de sua língua quando ele a passava nos lábios. Tudo estava tão nítido, não era um sonho, eu ouvia como jamais tinha ouvido.

# 15

O SOLDADO ROLOU UM CIGARRO entre os dedos calejados e o ofereceu a Anna, como se eles já se conhecessem há bastante tempo. Anna nos levou para um canto, um cômodo menor com cortinas de veludo. Sentamos em almofadas, sob um abajur rasgado. Fumamos o cigarro em silêncio, nos olhando, cúmplices. Eu saboreava meu ouvido resgatado, a fumaça que sopravam fazia um som quente, um sussurro decrescente, que finalizava em uma nota aguda. Conseguia ouvir minha respiração se alongar de prazer e eles respondiam com suspiros sensuais. Os olhos verdes do soldado brilhavam, o piscar de suas pálpebras era lascivo, o branco dos olhos estava rajado de sangue e a boca, entreaberta. Anna e eu estávamos suspensas em seus lábios e ele direcionava seu olhar para nossa boca com a mesma intensidade. Ficamos observando as veias do pescoço dele por um tempo, seguindo com os olhos a última gota de suor que lhe escorria pelo corpo enquanto ele detalhava nossos rostos, demorando-se nos ângulos da mandíbula e do pescoço. Nos olhávamos como homens e mulheres que não sentiam o calor humano havia muito tempo, como se fôssemos os últimos sobreviventes. De repente, Anna começou a rir, mexendo sua cabeça para trás, depois cantarolou algo que o soldado parecia reconhecer.

Com uma voz grave, ela cantava: "*Si toi aussi tu m'abandonnes/ [...] Nul ne pourra plus jamais rien, non, rien pour moi!/ Si tu me quittes plus personne/ ne comprendra mon désarroi.../ Et je garderai ma souffrance*".\*

Parecia ser a canção-tema de um filme. Anna tinha um dom para cantarolar essas músicas quando a gente menos esperava, e isso funcionava, sempre havia alguém para entrar no jogo.

O soldado continuou com sua voz embargada, olhando para mim: "*Dans un silence/ Sans espérance/ Puisque ton cœur ne sera plus là!/ C'est la cruelle incertitude/ Qui vient hanter ma solitude!/ Que deviendrai-je dans la vie/ Si tu me fuis...?/ J'ai tant besoin de ta présence...* [ ] *Si tu t'en vas, j'aurai trop peur.../ Peur...* [...] *Si toi aussi tu m'abandonnes/ Il ne me restera plus rien/ Plus rien au monde et plus personne/ Qui me comprenne/ Qui me soutienne/ Attends! Attends! Attends! Demain*".\*\*

Beijei, então, os lábios do soldado, encharcados de álcool ou antisséptico, com o estranho sentimento de que eu tinha escrito aquela letra. Diante da minha cara confusa, o soldado me cochichou: "Não se esqueça".

Na verdade, o que eu queria era esquecer tudo e ficar ali para sempre.

---

\* A música "Si toi aussi tu m'abandonnes", cantada por Lucienne Delyle, compõe a trilha sonora de *Matar ou morrer*, clássico western dirigido por Fred Zinnemann em 1952. Em português: "Se você me abandonar/ [...] Ninguém poderá fazer nada, não, mais nada por mim!/ Se você me deixar, mais ninguém/ Compreenderá meu desespero.../ E levarei comigo meu sofrimento". (N.T.)

\*\* "Em um silêncio/ Sem esperança/ Já que seu coração não estará mais aqui!/ A cruel incerteza/ que vem assombrar minha solidão!/ O que vai ser da minha vida/ Se você me escapa...?/ Preciso tanto da sua presença [...] Se você se for, sentirei medo.../ Medo... [...] Se você me abandonar/ Não me restará mais nada/ Mais nada no mundo nem ninguém/ Que me compreenda/ Que me acolha/ Espera! Espera! Espera! Amanhã". (N.T.)

De novo, eles retomaram o início da canção, cada vez mais alto, e Anna deslizou seus dedos pelo cabelo do soldado, dançando.

"Anna", eu disse, "esse homem faz parte da minha vida."

Ela concordou em silêncio. Depois pediu ao soldado para nos contar uma história e ele começou a falar de um jogo de cartas nas trincheiras, uma festa em que um dos soldados sacou a foto de uma mulher no lugar da rainha de copas. "Essa foto me deixou louco." Ele ficou fissurado naquela imagem, ela passou a persegui-lo e o deixou doente. "Nós nos parecemos com ela?", Anna perguntou.

Foi então que o grupo fez uma entrada triunfal, guiado por uma Émilie histérica seguida por Thomas, Sébastien e, como dava para perceber, todos queriam transar. Émilie ria e gritava: "Eu te disse, tudo o que você quiser fazer, faço mil vezes melhor que você!".

Anna olhou para o fundo do corredor e viu que o companheiro de Émilie tinha ficado sozinho, com um olhar de cachorro abandonado. Em seguida, ela piscou para mim, feliz pela reviravolta da festa, e então se juntou à trupe de tarados, vidrados em Émilie, que tirava sua roupa naquele "lugar bom para viver"; e eu descobri que a existência, claramente, é o lugar mais bonito para atravessar.

# 16

QUANDO ACORDEI, OS PELOS DO SOLDADO faziam cócegas em meu nariz. Eu sentia o hálito quente de Anna, que, assim como eu, dormia aninhada no peito dele. A pele sempre áspera do soldado parecia lisa, inchada pela noite e pelo álcool. A boca de Anna estava vermelha por ter beijado os corpos, e eu estava nua. À minha direita, sentia a respiração de Thomas em minha nuca, sua mão estava sobre meus quadris e sentia sua ereção matinal tocando minhas costas. Não conseguia ver nem Sébastien nem Émilie nem Nhoque, mas, pelo volume dos lençóis no chão, pude perceber que estavam ali. Eu havia tirado meu aparelho auditivo, mas não lembrava onde o deixara. Preocupada, me descolei do aglomerado de corpos à procura dele. Vasculhei no monte de roupas algo para vestir, já que não sabia onde as minhas estavam. Revirei todos os cadáveres da festa, animados ou inanimados, para encontrar meu aparelho, mas foi em vão, até o soldado me entregá-lo. Naquela mão enorme, ele parecia um cavalo-marinho adormecido. Liguei o aparelho e agradeci, mas não consegui ouvir sua resposta.

    As pessoas se levantavam aos poucos, procuravam suas roupas curvados como ceifeiros. Eu não ouvia mais os passos e as vozes. Thomas me deu um beijo e murmurou algo que não ouvi. Sébastien se aproximou, com um olhar cúmplice: "As flores em alumínio".

"Que flores?"

"Os coelhos brancos?", ele prosseguiu.

"Estão falando de cunicultura?"

Sébastien começou a rir e, junto com ele, toda a panelinha que já tinha acordado, mas eu não conseguia ouvir as risadas como na noite anterior.

O soldado me deu um papel antes de desaparecer: "Eu tinha te dito para não esquecer".

"A seda em *V*, originalmente peruana. A estomatologia é um assunto da Netu."

Eu não sabia se Thomas falava da Netflix, Tesla ou Uber. Também não tinha certeza se ele se referia à doença de Crohn ou à criação de bicho-da-seda, a golas em *V* ou a alguma coisa peruana.

Tudo se misturava, o mundo tornava-se opaco de novo.

"Anna", eu disse, "os efeitos do tratamento já acabaram."

Ela me explicou que era normal, que não era feito para durar mais que uma noite. Me vi paralisada em estado letárgico durante todo o caminho de volta, com o cachorro babando na minha saia.

# 17

O DIA SEGUINTE ERA o meu primeiro dia na prefeitura, fantasiada de mulher de negócios. No caminho, eu observava a rua pelos vidros do metrô.

Como as pessoas simplesmente faziam as coisas? Atravessar a faixa de pedestres, atender ao telefone.

Inspirei o ar úmido do outono antes de cruzar a porta de entrada da prefeitura para chegar até a sala da chefe do departamento. Foi como eu havia imaginado: mão macia — discurso inaudível — preocupação crescente — apresentação das salas/colegas — chegada à minha mesa. Consegui ter uma impressão vaga de que se tratava de registrar a certidão dos recém-nascidos.

Eu devia acompanhar os usuários na declaração das certidões de nascimento e finalizar o processo em vários órgãos administrativos.

Tive a parte da manhã para estudar o manual de instruções do sistema e dar a largada.

Depois de algumas trocas malsucedidas com meus quatro colegas de departamento, decidi explicar o que havia comigo.

Dediquei um tempo para expor os fatos: completamente surda do ouvido esquerdo; deficiente auditiva com aparelho no ouvido direito, obrigada a fazer leitura labial para completar falas cheias de buracos.

Vi um certo brilho acender no olhar deles. Então, aproveitei para acrescentar de forma convincente e poética que precisava de luz para ouvir. Mas quando foi preciso que repetissem mais de duas vezes o que tinham dito, toda a poética desapareceu em um minuto: meu status passou de poeta para otária.

Ao meu lado, os colegas pareciam uma massa sonora coberta pelo mesmo casaco marrom.

No entanto, uma entre eles furava essa atmosfera barulhenta. Ela se chamava Cathy, tinha sardas e um ar sério como se eu lhe houvesse confiado um segredo. Soube que se chamava Cathy porque insistiu em relação ao seu nome. "Somos duas Cathy." Não entendi a sequência, qual característica ela havia mencionado para ser mais Cathy que a outra.

Ela lembrava os meus pôneis de infância, com rabo de arco-íris e cuja crina eu tinha cortado.

Anna diria que Cathy havia lido tudo o que existia de mais atual a respeito de *personal branding* ou marketing pessoal. Anna adorava imaginar os livros de cabeceira das pessoas, principalmente das desconhecidas. Além disso, quanto menos a conhecesse, mais tinha certeza.

Eu tinha esperança de que, com um pouco de treino, a voz de Cathy+ estamparia o selo "produto confiável" em meu cérebro e se tornaria cada vez mais fácil de ouvir sem depender só da leitura de seus lábios.

Ela disse que me entendia. Acredito que fazia alusão aos meus ouvidos. Com suas mãos no coração e a boca contraída, concluí que ela estava "emocionada". Seu olhar havia se desfocado, e pude ver seus olhos castanho-claros se perderem como se eu fosse um vidro jateado.

Ela insistiu: eu podia contar com ela.

Passei o restante do dia tentando instruir os outros colegas. De perto, eles eram muito diferentes uns dos outros. A outra Cathy tinha os cabelos menos loiros do que os de Cathy+, os olhos carregados de maquiagem da mesma cor do papel de parede verde-água do fonoaudiólogo e uma voz de fumante. Captei apenas o *la* do nome do colega alto, que certamente devia se chamar Nicolas, e não Charles. Meu ouvido não absorvia nada de muito complexo e o *a* me parecia mais claro e sonoro quando acompanhado do *l*, mais do que do *r*, que fazia sombra nas vogais. Quanto a Jean-Luc, ouvi bem o seu nome, pois muitas vezes era mais fácil com os nomes compostos, mesmo que na maioria das vezes eu guardasse apenas o segundo, e nesse caso o *c* final era tão impactante que não dava para confundir essa palavra monossilábica com *no*, de Jean-No. Me senti feliz por trabalhar com as certidões de nascimento, uma vez que meu lexicógrafo interno de nomes ficaria imbatível. Não teria mais medo de apresentações. O ar de adolescente criogenizado de Jean-Luc me ganhava um pouco, mas havia algo nele que não me inspirava confiança, o tipo de pessoa que sobrevivia graças ao princípio da delação.

Anna me esperava na saída do escritório, queria se inteirar sobre o ambiente e ver a cara dos meus colegas. Ela zombou de leve, assim como uma irmã de língua bifurcada faria no primeiro dia da volta às aulas. "Mas a Cathy+ é legal", eu disse inocentemente, me sentindo em dívida pelo gesto de inclusão da colega. "Desconfie, ninguém é *legal* no trabalho", respondeu Anna. Ao que respondi que ela não sabia de nada, já que se gabava por nunca ter passado em nenhuma entrevista de emprego.

# 18

NO SEGUNDO DIA, CHEGUEI um pouco adiantada. Imaginei que, quanto mais cedo começasse o expediente, mais rápido ele terminaria. Encontrei meu crachá sobre a minha mesa, Cathy+ foi quem providenciou para mim. Balbuciei um agradecimento quando a equipe passou pela porta corta-fogo me cumprimentando. Mergulhei na papelada que me deram para ler sobre minha função de agente contratual e os documentos internos, assim como sobre as eleições dos representantes dos funcionários. Na lista de candidatos em potencial para as próximas eleições havia o sobrenome de Cathy+ e Jean-Luc.

Ao ver a fila que se formava atrás do balcão, fiquei em pânico. Todas aquelas bocas falando nomes próprios, sobrenomes, talvez perguntas. Nunca havia estado nesse papel de ter a obrigação de responder a pedidos específicos.

Cathy+, com seus dentes arredondados, me encorajou assim que o primeiro "usuário" se aproximou — eu havia sido orientada por um e-mail que mais parecia um manual dos cargos públicos que não podíamos usar a palavra "cliente" nem "paciente", mesmo se eu achasse que, de fato, era preciso bastante paciência para nascer administrativamente. Mal tive tempo de cumprimentá-lo e o usuário já fazia perguntas, ou melhor, uma série de perguntas. Sua voz tinha o mesmo efeito de um balanço enferrujado, certas palavras saíam de sua garganta com um barulho de roldana, enquanto outras aumentavam de volume para se aproximar do meu ouvido. Sua boca se deformava regularmente em uma tensão que vinha do nariz, deslocando o centro de gravidade das palavras e modificando o ponto de vista sobre sua língua. Eu estava perdida, mas peguei o boi pelos chifres e apresentei o formulário de certidão de nascimento com um sorriso sereno de quem estava no controle da situação. Um tanto surpreso, ele parou de falar, preencheu o formulário com cuidado e, um pouco abatido, me devolveu o papel, depois encolheu os ombros e partiu, concedendo o lugar para o segundo da fila. Era uma mulher de cinquenta anos com um sotaque que fazia os cantos da boca se esticarem em todas as vogais e que cortava as sílabas, martelando todas as consoantes. Talvez por ser estrangeira, não se chateou quando pedi para que repetisse seu único pedido: a segunda via da certidão de nascimento de sua filha. Expliquei então o que era preciso fazer e ela foi embora falando uma sequência de o.k., como se fosse uma linha de baixo para ajudar a memorizar o caminho a percorrer. A fila de usuários seguiu e, quando eu sentia que não conseguia mais entender, que a maré de sons se transformava em maré barrenta e que a trilha sonora dos lábios não ajudava em nada, repetia para mim mesma o mantra "fingir-se de louco, mas manter-se são", retirado de *A arte da guerra*, de Sun Tzu.

Eu também precisava enviar as confirmações de recebimento para validar com diversos órgãos uma nova existência, como se estivesse dando à luz novos destinos no mundo administrativo. Apenas com duas palavras: o nome e sobrenome, a sociedade faria o restante.

O alarme para o intervalo de almoço tocou. Minhas lembranças desse momento remontavam à infância e se resumiam principalmente aos projéteis de pão molhado e de hambúrguer, e às conversas sem sentido murmuradas por bocas cheias na barulheira do refeitório. A mesma barulheira que encontrei ao abrir uma fresta da porta.

Em pé, próxima da fila para me servir, procurei se havia outras pessoas com deficiência. Eu tinha lido que as prefeituras recrutavam uma centena por ano. Analisei olhos, orelhas, pés e braços à procura de uma prótese qualquer, depois, não detectando nada, procurei anomalias e meu olhar parou no peito de uma mulher que parecia cavado por um buraco de granada. Mas, ao me sentar para observá-la novamente, percebi o olhar fixo de um dos colegas nos meus cabelos, então parei com o jogo dos sete erros dos PcDs da prefeitura e me instalei na ponta da mesa, ao lado de Cathy+. Eu conseguia perceber os esforços da mais Cathy das duas para me incluir no grupo dos curvados sobre o purê/linguiça, a mão dela sobre meu antebraço, como para frear a minha fuga, evitar que meu corpo, tal qual o de um camaleão, não ficasse da cor do purê, e sobretudo para mostrar aos outros e a mim mesma como ela era indispensável.

Jean-Luc parecia incomodado com o fato de eu parecer normal. Meu aparelho auditivo o intrigava, não conseguia entender muito bem minha deficiência. Ele mordeu os lábios quando contei que conseguia acompanhar uma conversa telefônica desde que estivesse com um dispositivo adequado, mas no minuto seguinte me olhou desconfiado, como se minha deficiência fosse um complô armado contra eles, algo inventado apenas para conseguir o emprego.

Voltei para a minha sala exaurida do esforço pela protointegração com os colegas. À tarde, registrei um grupo floral de uma vez só: Íris, Rosa, Melissa.

Estava tão cansada do horário de almoço que não conseguia entender o que os "usuários" da prefeitura pediam. Por fim, acabei enviando alguns deles para falarem com Cathy+ sobre o que eu não sabia como ajudar. Cathy+ me pareceu levemente transformada, o semblante nublado, e um pequeno detalhe em seu olhar me fez entender que as coisas ali realmente não seriam simples.

O que me consolava era a ideia de que eu não havia escolhido ocupar o status de pessoa com deficiência, isso tinha caído sobre mim, assim como todos eles.

Saindo do prédio, no fim do expediente, o cachorro me aguardava e me seguiu enquanto latia para todos os passantes. Quando cheguei em casa, ignorei o vizinho, preocupada com o bicho que batia seu rabo na minha perna, e não atendi minha mãe. De qualquer forma, não tinha forças para contar a respeito dos primeiros dias no novo emprego. Preferi me aninhar nos braços do meu soldado e o cachorro se juntou a nós como se fôssemos seus donos.

"Não estou ouvindo melhor, até pior, na verdade. O tratamento não funcionou", eu disse para o soldado, lembrando do gráfico montanhoso dos meus audiogramas. "Será que um dia vou alcançar o nível do mar?"

Para me consolar, repeti várias vezes a palavra: "pretensioso".

Adorava pronunciar palavras difíceis, mesmo que não as ouvisse sem o aparelho auditivo. Formular palavras assim e senti-las sobre meus lábios era uma promessa entre mim e a linguagem.

# 19

APESAR DE SABER QUE O TEMPO sempre passa, tinha medo de me afundar no mês de dezembro e em sua longa escuridão. Eu achava estranho o comportamento dos colegas; Cathy+ oscilava entre a empolgação e a acidez; Jean-Luc, de tempos em tempos, parecia tranquilo em minha companhia antes de retomar seu ar de *kapo*; quanto ao "La", com seu topete duro como uma falésia, nossa relação se expressava com uma formalidade tão excessiva que beirava a aversão. Cathy-, por fim, me fascinava. Pregou com tachinhas fotos de bebês e filhotes em toda sua baia. De longe, era um apanhado de cabeleiras felpudas, membros rechonchudos e olhares vidrados. Concluí que trabalhar em certidões de nascimento com tanta paixão por tudo o que nasce, e desinteresse por tudo o que vem depois disso, era um sinal de certa vocação.

De repente, a voz de Cathy+ conseguiu se sobressair e, com ela, as piadas sobre sua própria existência. Ela tinha uma filha adolescente que fazia questão de transformar cada pequeno acontecimento em uma grande epopeia que envolvia sistematicamente a mãe: recepção de calouros que virou coma alcoólico no hospital universitário, noite na delegacia e acidente doméstico com a presença de bombeiros. Eu não conseguia disfarçar a inveja dessa fase em que ainda somos parte de um desenho animado no qual podemos cair e nos levantar com estrelinhas nos olhos, mas, vendo a vida de Cathy+ regida pela vida de outra pessoa, submissa aos contratempos permanentes, minha colega parecia uma heroína.

O passar dos dias era penoso. Eu tentava não me culpar por pedir ajuda a Cathy+, mesmo quando sentia seu comportamento mudar: de gestos calorosos, com uma metralhadora de piscadas de olhos e mãos-tentáculos sobre os ombros, ela podia se tornar dura, olhos revirados, boca contraída e mãos retraídas em sua roupa como um caranguejo eremita na concha. Às vezes, ela se ausentava e me deixava responsável pelos seus atendimentos, como se quisesse que eu sentisse sua falta, uma vez que não havia usuários e que Jean-Luc era responsável por atender o telefone.

Um dia em que ela saiu correndo, decidi segui-la, torcendo para que o carpete dos corredores pudesse abafar o barulho dos meus passos. Ela correu para uma pequena sala — antes usada como banheiro —, que agora servia de sala de repouso e cuja porta mal instalada nunca fechava direito. No entreabrir da porta, eu a vi sentada, ela tirou do bolso do casaco uma caixa de medicamentos, pegou um comprimido e o engoliu rápido, depois a porta emperrou de leve e o olhar dela encontrou o meu. Na hora senti uma onda de pavor. Ela olhou rapidamente ao redor, sem dúvida querendo fugir — e eu desejei jamais tê-la seguido —, e seus ombros se arquearam sobre o que eu acabara de ver. Eu disse que não contaria para ninguém. "Para ninguém", insisti. O que eu mais conhecia na vida eram os segredos. Ela ignorou minha promessa, suas pálpebras caíram e seus lábios me disseram: "Sabe, dizem para eu me esforçar, mas ainda não fui efetivada".

"Efetivado" era uma palavra que navegava em todas as bocas da cantina, facilmente reconhecida pelas vogais extremas, a sucessão de *e*, outro *e*, *i*, *a*, *o* modificando os semblantes e moldando as esperanças e as carreiras. Mergulhei meus olhos nos dela para dar todo o meu apoio e seu olhar ficou sombrio, me culpando por ter visto seu lado vulnerável. Pedi desculpas, ela se levantou como se nada tivesse acontecido, voltando a ser Cathy+, o rosto alegre, as expressões conciliadoras prontas para serem sacadas em qualquer situação. Afastei-me para que passasse e ela voltou para a sala correndo, zombando de seu passo alerta e acelerando o ritmo do trabalho no restante do dia.

Redobrei o empenho para mostrar a todos minha capacidade de trabalho. Venci a digitalização de uma pilha de arquivos e depois verifiquei se todos tinham sido devidamente salvos. Eu mesma propus que cada um dos colegas finalizasse sua pilha, minha capacidade de concentração podia ser superior à média. Foram meus ouvidos defeituosos que me deram isso. Cathy+ brincava com a musculatura do rosto em minha direção, mas os sorrisos eram vesgos, não dava para saber a quem se dirigiam.

Saí da prefeitura com um sentimento estranho de não saber mais decifrar o real. Segui as raízes das castanheiras que estouravam o cimento à noite, quando ouvi um som áspero ou algo que parecia ser uma pá de ferro no chão. Senti um cheiro de álcool ou de antisséptico e então vi a silhueta do meu soldado, sua sombra curvada. "Você está aqui?", perguntei. Ele me respondeu qualquer coisa como "nem eu mesmo sei". Aquilo me preocupou e pensei em voz alta: "Se a linguagem parasse de ser enigmática, me ajudaria muito". Emendei na sequência com uma voz suave (ele não precisava sofrer do mesmo spleen):

"Tá tudo bem?"

"Como pode estar tudo bem? Faz trinta dias que estou deitado em um campo de neve e sangue."

## 20

AS DUAS ÚLTIMAS SEMANAS DE DEZEMBRO foram difíceis. A noite me acompanhava no caminho do trabalho, à tarde e de manhã. O ponto de ônibus ficava na avenida e, para chegar lá, eu precisava seguir pela minha rua até uma esquina e depois bifurcar no vasto corredor escuro da via. Tinha a sensação de mergulhar em um poço. Toda vez, precisamente naquele lugar, eu pensava na ausência de correspondência entre som e sentido: "luar" carregava uma vogal clara, aguda, luminosa, uma vez que "manhã" continha uma vogal apagada.

No trabalho, o frio tinha congelado a voz de Cathy+. Suas frases eram icebergs dos quais emergia apenas um grupo de palavras; sua amabilidade era mecânica. Som e sentido se deslocavam. Eu não conseguia dar conta da fila de usuários. Entendia a pergunta em um de cada quatro atendimentos, em um a cada seis encaminhava o usuário para Cathy+ ou Jean-Luc, aproveitando da minha cara jovem que me fazia parecer uma estagiária pouco esperta.

Entre Natal e Ano-Novo, entre a malha furada tricotada por Anna e as luzinhas da árvore com as quais quase me eletrocutei na casa da minha mãe, houve o anúncio do governo sobre a redução do número de funcionários. Logo na sequência, no início de janeiro, recebemos no departamento o livro *Síndrome de De Quervain: guia para o diagnóstico das lesões musculoesqueléticas atribuídas ao trabalho repetitivo*. Cathy+ fez sua lição de casa, solicitando à direção *mouse pads* ergonômicos, mas conseguimos apenas canetas com borrachinhas antiderrapantes. As eleições para os representantes dos funcionários estavam chegando, a tensão entre Jean-Luc e Cathy+ era palpável, dois candidatos com propostas bem diferentes. Começavam a circular rumores: um cargo seria suprimido do departamento. Não era necessário ouvir para sentir os rumores. Além disso, as mesmas palavras voltavam para todas as bocas, no começo murmuradas e, depois, claramente assumidas. "É quase uma briga de família", Anna repetia, olhando para o céu enquanto eu contava sobre meu dia.

## 21

A PREFEITURA ANUNCIOU que haveria uma reestruturação depois das festas de final de ano, aproximadamente no meio de janeiro. Meus colegas me olhavam com ainda mais desconfiança. Talvez eles tenham sabido da minha condição de trabalhadora PcD e imaginassem que, por esse motivo, o Departamento de Recursos Humanos asseguraria meu emprego, uma vez que eu tinha acabado de chegar, roubando assim o lugar deles. Eu não sabia como tranquilizá-los.

Pensei no que meu fonoaudiólogo havia dito: "Você não está sozinha, o mercado de trabalho é bem complicado para os surdos. Tem algumas empresas que até recusam a contratação de pessoas surdas". De fato, eu nunca havia encontrado ninguém com deficiência auditiva, a negação fez com que eu não fizesse essa conexão.

"Você se desenvolveu como ouvinte, mas compartilha das dificuldades dos surdos. É difícil as pessoas reconhecerem isso, você fica numa margem invisível."

"Quero me encontrar com pessoas surdas."

Depois fiquei à espera de que ele me colocasse em contato com outros portadores de deficiência auditiva.

Quando contei isso para Anna, ela me perguntou: "O que você está procurando?".

"Uma parte de mim."

## 22

PARA COMEMORAR O ANO-NOVO, Anna organizou uma pequena festa em um bar. Sentei na mesa dela e pedi uma bebida. Fiquei aliviada de ver Anna, mas preocupada com as outras pessoas do grupo, uma já queria começar a conversar comigo. Eu percebia o olhar insistente em minha direção. Que azar, ela era a única que tinha: 1) uma voz de tom médio (timbre que caía num buraco negro), 2) um problema de fala. Com muita dificuldade, consegui entender que tinha acabado de fazer uma cirurgia. Com certeza ela sabia das minhas desventuras auditivas pela Anna. Era a única explicação para insistir em conversar comigo, apesar de todas as minhas tentativas para evitá-la. Talvez tivéssemos vivências em comum, mas eu não estava com vontade de mergulhar de novo naqueles problemas dolorosos depois do expediente difícil na prefeitura, nem de fazer aquela ginástica cerebral para tentar entendê-la, só queria beber cerveja e rir, aproveitar que um bar faz todos os seus frequentadores se tornarem surdos e que, depois de certa hora, as conversas se reduzem a onomatopeias engraçadas.

Mas ela não era da mesma opinião e a voz de-tom-médio-
-com-problemas-de-fala aproveitou uma saída para a área ex-

terna de fumantes para praticamente enfiar a cabeça nos meus cabelos, na esperança de encontrar um ouvido atento. Afastei meu rosto na hora, forçando-a a me olhar de frente, e expliquei que fazia leitura labial, ao que ela respondeu me mostrando o aparelho que cobria seus dentes para que eu entendesse que aquilo não ajudaria muito. O cachorro derrubou seu copo de cerveja na saia. "Desculpa", eu disse. Mentira deslavada. Consegui tomar fôlego enquanto ela consertava a situação: saia encharcada, outra cerveja na mão.

Esse incidente e minhas diversas intervenções tentando lhe dizer que eu não entendia uma mísera palavra do que ela falava não tiveram outras consequências além de aumentar a duração do monólogo. Com muito esforço, consegui que me passasse os contatos de todos os surdos que conhecia, começando por seu avô, que durante muito tempo se recusou a usar aparelho.

Supus que ela estivesse me contando histórias que eu sabia de cor, a avó que reclamava porque o avô não entendia mais nada, o desmoronamento do ambiente familiar por conta da negação do avô e a tensão que surgia nas refeições em família.

Desliguei meu aparelho, me fiz de chata e só respondia com movimentos leves da cabeça. Ela ria. Devia estar contando sobre a vez em que por engano o avô pôs o aparelho auditivo no copo da dentadura ou, talvez, pela gargalhada exagerada dela, fosse sobre o episódio em que a empregada encontrou o aparelho no vômito seco do gato.

Anna e os outros já tinham voltado fazia um tempo e entenderam meus sinais evidentes de aflição de que a conversa não fluía, mas a voz de tom médio parecia estar aproveitando a noite. Até que comecei a receber cusparadas e disse que realmente não conseguia ouvir, então ela estava se dando ao trabalho por nada. Não havia outra saída: ela levou pro pessoal e fechou a cara.

(Anna me disse, rindo: "Às vezes, Louise, você é horrível".)

## 23

ERA O QUARTO MÊS, e meu soldado, desejando que eu passasse pelo período de experiência da melhor maneira possível, ensinou o cachorro a latir quando passasse uma nuvem. Ele estava convencido de que assim eu poderia ser avisada das alterações de luz e compensar a falta de iluminação de alguma forma, quando fosse preciso ler lábios. Só que, esta manhã, o cachorro desapareceu assim que chegamos em frente à prefeitura.

Uma fila pequena já estava formada, fui a primeira do departamento a chegar. Logo que me instalei na sala, os usuários começaram a se aproximar do balcão.

"Bom dia", eu disse ao primeiro da fila.

"Me disseram para providenciar a certidão. Declarar."

"Você acompanhou o nascimento?"

A resposta me escapou, ele parecia nervoso. Eu sabia que aquela era uma pergunta invasiva. Alguns ficavam chocados com a questão, outros a tomavam como um convite para contar suas experiências, e se apoiavam no balcão como se estivessem em um bar. Não havia necessidade de ouvir para perceber que aquilo incomodava todos.

Eu quis oferecer um formulário de declaração de nascimento, mas não havia mais nenhum. No entanto, tinha um calhamaço ocupando minha mesa ontem mesmo. Sem formulário, ele precisaria soletrar linha por linha para eu inserir os dados no computador. Fui buscar uma folha para os usuários anotarem as informações, mas tudo havia desaparecido ou mudado de lugar. Seria uma brincadeira dos meus colegas? Conduzida por Cathy+? Diante da fila impaciente que se alongava, não tive alternativa a não ser inserir no computador nomes impossíveis. As bocas vermelhas assemelhavam-se a placas de sentido proibido, as línguas se agitavam na horizontal. E eu só ouvia os latidos do cachorro entre as nuvens.

Esfolei centenas de nomes e sobrenomes, dei à luz centenas de monstros administrativos sob os olhares furiosos dos usuários: Frantz Soimit, Bené Lope-Vega.

Quando vi meus colegas chegarem no final da manhã particularmente tranquilos, todos em fila atrás de Cathy+, foi como uma segunda bofetada. Senti minhas bochechas queimarem de vergonha, impulsos nervosos percorreram meu corpo. Todos os sorrisos, os cumprimentos, o "bom apetite" de Cathy+ ressoavam e davam ainda mais força ao tapa.

## 24

ARRASADA POR AQUELE DIA, cheguei ao fonoaudiólogo buscando um conforto na cor verde das paredes da sala de espera. "Você se afoga em um copo d'água", uma vez Anna me disse sobre minha fuga em relação à surdez.

Assim que entrei no consultório do fonoaudiólogo, soltei: "Mas por que eu quis esconder a qualquer custo, por que todo mundo topou participar da minha farsa?".

"Porque as pessoas buscam o padrão. Você era suficientemente ouvinte para esconder a surdez e isso facilitou para todos. Mas agora que passou da surdez moderada para a surdez severa, não pode mais trapacear. Tente relembrar vozes masculinas e femininas, de criança etc., apenas de ouvido, fechando os olhos. Com o tempo, seu cérebro saberá identificar mais facilmente o som de fundo das cenas cotidianas ao redor. Tente registrar os sons também para memorizá-los. Você vai sentir que tem de novo o controle nas *mãos*."

Achei a receita especialmente sarcástica, uma vez que eu me aproximava cada vez mais da língua dos sinais.

## 25

NO ÔNIBUS QUE ME LEVAVA PARA CASA, tentava isolar o som de fundo repleto de freadas de pneus, roncos e buzinas, vozes e chiados. Me concentrava nessas brechas irregulares, fendas do sentido. As ondas agudas ecoavam. Por conta do ritmo, ao ouvir uma conversa entre duas pessoas, tentava esculpir grosseiramente um padrão sonoro de fácil assimilação. Depois meus ouvidos focavam apenas nesse campo. O zumbido se calou, restando apenas uma picada aguda que se alternava com intervalos sonoros mais guturais. Me disseram que os agudos permitem captar as consoantes, elas é que dão volume às palavras, que mantêm as palavras como guardiãs, elevando as vogais sob suas hastes. A tonalidade e o ritmo cantado me guiavam em direção a uma voz de mulher. Saber identificar a idade era a segunda etapa. Não era a voz de uma adolescente, a meu ver soava ponderada demais. O zumbido recomeçou, como se um duto de chaminé em dia de tempestade respondesse àquela mulher de idade madura. Eu considerava apenas as palavras curtas, dissílabas, marcadas pela hesitação. Um gritinho estridente escapou da boca da mulher, as rodas do ônibus frearam bruscamente, me virei para vê-los se distanciarem: era uma mulher de uns cinquenta anos que acompanhava um senhor enrugado. Meu diagnóstico estava correto. Tomei gosto por aquela brincadeira, eu aprendia a manter o foco, a habitar a paisagem sonora urbana.

Anna me ligou e não atendi por covardia, preferi me isolar. Quase nem ouvi sua mensagem confusa em que ela contava que tinha percebido que só sonhava com palavras de duas sílabas, que todas as outras tinham desaparecido. Ela vivia aquilo como um encolhimento da alma. Eu não tinha ouvido para aquilo. Ressuscitar a falta era demais para mim, aquele sentimento permanente de que meus ouvidos surdos eram como um funil que sufocava a vida. Sim, Anna, minha alma se sentia encolhida, flutuando no formol.

Foi então que me lembrei daquela frase de Victor Hugo: "O que importa a surdez do ouvido quando a mente ouve? A única surdez, a surdez real, a surdez incurável, é a da inteligência". Nem ele nem Anna podiam me consolar.

Em meio às trevas do silêncio noturno, o soldado e o cachorro estavam deitados ao pé da cama. O medo me mantinha na vertical, o olhar fixo no horizonte formado pela nossa tríade inquieta com as órbitas escancaradas e as bocas abertas na noite.

Só a leitura seria capaz de acalmar a angústia da morte, ver as palavras intactas, palpáveis, impressas.

# 26

OS LENÇÓIS SE LEVANTARAM com o nascer do dia, precipitando as lembranças da véspera, os formulários não encontrados, os Paule ou Saul, os Basile ou os Patrick, todos os nomes esfolados e o sorriso triunfante de Cathy+. No canto do quarto, o soldado mastigava um papel. Mais uma vez, a angústia da perda me abraçou, inundada por uma urgência de preservar, de *arquivar* os sons que me restavam. A começar pelo granizo, da sala do apartamento. Escrevi:

> Apartamento
> Nome latino: *Granum*
> Nome usual: granizo
> Latitude: 48.8355906
> Longitude: 2.344926100000066
> Uma avalanche de dentes de leite.

# 27

10 DE JANEIRO. DIA DA CONVOCAÇÃO. O acontecimento da semana anterior foi parar nos ouvidos da direção e fui convocada para um "esclarecimento". Naquela manhã, durante o caminho, pude perceber os roncos terríveis das motos, o disco áspero das lixadeiras, a linha de baixo dos carros parados que eu chegava a confundir com a maré. Passando pela porta de vidro da prefeitura, senti o ar se transformar, tornar-se pesado, as vibrações de som se abafarem. Tive a sensação de entrar em uma caverna úmida, de ser um hidrofone mergulhado em um submarino perdido a mais de dez mil metros de profundidade da superfície do oceano e de ouvir o chamado das baleias perto da recepção, as turbinas do navio ao me aproximar da sala das fotocopiadoras e outros ruídos misteriosos nos corredores: atritos tectônicos, respiração ofegante, suspiros.

"(*Suspiros*) *Bodia, sentese.*"

A diretora de Recursos Humanos me mostrou uma cadeira da sua sala. Verifiquei se ela não apontava para uma cadeia de montanhas lituanas e me acomodei, sem fôlego.

"Ficamos sabendo das encostas e das marés (*cacarejos*)."

Um rosto surgiu no quadrante da porta, minha interlocutora e aquele rosto trocaram informações que eu era incapaz de captar, meu hidrofone marinho mergulhado na terra.

Muito rapidamente, ela me estendeu um contrato no qual li: "Cargo: digitalização, nível 8, departamento: arquivo morto".

Depois ela me levou até o subsolo, mergulhando ainda mais profundamente na terra. O novo contrato nas mãos, como uma espécie de esmola, parecia me levar ao outro lado do mundo; a luz fraca dava um ar de coral ao labirinto de corredores. Aceitei meu destino em silêncio.

# 28

EU TINHA SEIS MESES PARA DIGITALIZAR 783 954 certidões de óbito, começando por aquelas que datavam de 1914, quando cem mil corpos de soldados caíram nos campos de batalha. De tempos em tempos, ossadas com placas de identificação foram exumadas e foi preciso reconhecer, cem anos depois, que aqueles homens estavam mortos. Algumas certidões de óbito da mesma época escaparam do Arquivo Nacional. Eu lidava com os cabeçalhos mais absurdos: "Parte a ser preenchida pelo corpo", ou ainda, "extrato dos minutos da certidão de óbito".

Estar no subsolo era conveniente, eu não precisava mais cruzar com Cathy+ e os outros. Podia evitar a cantina me alimentando de sanduíches e de poeira. O que era menos conveniente é que o meu período de experiência tinha voltado à estaca zero desde que comecei em um novo cargo.

Me sentia traída. Quando contei a Anna, ela disse que era mais confortável ser traída do que trair.

Alguém falou comigo e levantei minha cabeça em direção aos lábios. Ele perguntava sobre uma certidão de óbito de menos de três meses. Mas sua esposa tinha falecido três anos antes, não havia documento de menos de três meses. Desamparado, o homem me disse que seria impossível casar novamente sem aquele documento. Liguei para os colegas, em vão. O homem tremia de raiva. Anotei seu contato e o acompanhei até o final do corredor, arranhando minha pele contra a parede. Soltei um latido de dor, como Cérbero na porta do inferno.

Terminei o dia registrando uma centena de óbitos F/A/45/879/E sem cantina nem intervalo, e subi para a superfície da terra.

Chovia à noite, aproveitei para prestar atenção nos barulhos dos passos, tentando adivinhar a altura dos saltos com os olhos fechados. Fiz uma tabela (vazia):

| saltos < 3 cm | | |
|---|---|---|
| saltos de 3 a 5 cm | | |
| saltos > 5 cm | | |

Chegando nos arredores onde todas as calçadas dão a sensação de estar em casa, onde a luz refletida no cimento lembra a luminária da cabeceira, encontrei meu vizinho, cujo hálito cheirava a preocupação, uma mistura de repolho refogado e cigarro. Ele me perguntou: "Você tem certeza de que está tudo bem?", dizendo na minha cara que eu vinha demonstrando um comportamento estranho nos últimos tempos. Foi impossível não me observar — eu ignorava que ele vigiava meu apartamento da janela da sua sala — e ele me pegou falando sozinha, fazendo movimentos estranhos, rolando no sofá, deixando as luzes acesas durante todo o dia e à noite e, às vezes, lançando projéteis que explodiam em pleno voo; a tal ponto que se perguntou se deveria chamar os bombeiros.

Por que ele estava se metendo? Eu o deixei com um grunhido, depois tomei nota em meu herbário sonoro:

Nome latino: *Siren siphonarius*
Nome usual: Sirene dos bombeiros
Latitude: 48.866667
Longitude: 2.333333
Canto difônico de focas do mar Vermelho.

## 29

PRECISAVA DOS MEUS ENCONTROS semanais com Anna. Quando chegou o dia, ela me abriu a porta e depois os braços, nos quais caí exagerando meu cansaço.

"Você tá cheirando a mofo", Anna me disse, rindo.

Com certeza ela sentia o cheiro do subsolo, como quando sentimos o mar ao tocar em peixes. Eu achava que, sem dúvida, devia cheirar a solidão.

Thomas estava na sala. Eu não o via desde a festa.

Anna piscou para mim, pegou minha mão e me arrastou para a sala de estar. Thomas me cumprimentou com um beijo, não ouvi sua voz, mas senti um cheiro de boca, um hálito de coentro, me fez pensar que ele tinha aberto a boca. Respondi "oi" com a garganta fechada de apreensão. Comecei a falar para monopolizar o espaço, para não ter que ouvir. Contei da infinidade de registros da nossa vida através das nossas conexões com várias instituições, desde a maternidade até a escola, o hospital e os impostos. Falei da urgência dos arquivos, do papel que se desintegra por conta da lignina, substância presente na madeira que amarela até deixar as folhas marrons. Depois, finalizei meu monólogo sobre arquivos com as guerras, como

Napoleão havia tomado os documentos do papado, Hitler dos inimigos e Stálin dos nazistas.

Thomas abriu a boca, ele tinha feito a barba, embora desse para ver todos os pontos pretos que cresciam sob sua pele. Eu não tinha reparado no contorno daqueles lábios na primeira vez. Desconfiava tanto dele que não conseguia ouvi-lo, era como se tivesse um escudo antirruído em torno de mim. Para manter a aparência, olhei profundamente nos olhos dele, mas eram tão estranhos. Uma das únicas coisas que faziam sentido: seus grandes olhos acinzentados mantiveram a cor indecifrável dos olhos dos recém-nascidos. Enquanto Thomas mantinha a boca aberta, observei sua confiança, ele parecia ser alguém que se adaptava a qualquer situação. Procurei aquilo que o fazia ser autêntico. Ao vê-lo varrer o ar com os braços finos, percebi um pequeno recuo do seu corpo, uma leve escassez, como se, sob a corpulência masculina, ele fosse apenas um pássaro. Acho que eu gostava que ele fosse extremamente normal e, ao mesmo tempo, prestes a saltar e desaparecer.

Nunca experimentei um momento tão banal, sem dúvidas ou questões. Parecia que estávamos ali simplesmente em plena luz do dia, em plena semana.

Depois, a boca de Thomas fez um bico, como consequência de uma interrogação em certas bocas mais carnudas. Anna respondeu por mim: não, eu não trabalhava nos arquivos, tinha uma missão de digitalização em parceria com os Arquivos Nacionais, para *desafogar*.

Era exatamente isso, a boca dele estava *desafogada*, vazia. Seu timbre grave médio era como um ventilador fraco, a fala às vezes fazia o caminho inverso e subia pela garganta para soprar palavras invisíveis.

Anna desapareceu para preparar alguma coisa na cozinha, deixando-nos, Thomas e eu, um pouco constrangidos. Anna deve tê-lo prevenido antes da minha chegada, porque ele se demorava em todos os movimentos, como se estivesse diante de um astronauta. Nossos gestos estavam suspensos, até mesmo o piscar dos olhos ralentou. Os cílios de Thomas eram longos, os do meio mais ainda, formando uma ponta, como o bico de um pássaro.

Naquela ausência de gravidade, teceu-se uma cumplicidade alimentada pelas lembranças da noite de amor coletiva no final da linha do RER. Um fio invisível, tecido pela memória das carícias, cerrou nossos olhos risonhos. O fio nos balançou em direção ao desejo, mas lentamente, à medida que soubemos que Anna estava voltando, o fio se soltou, as lembranças retrocederam, seus olhos cinzentos piscaram uma última vez como um fundo preto que anunciaria outra cena.

Anna chegou com enroladinhos de salsicha e nos falou da manipulação das salsichas reais, ou melhor, de como não deveríamos manipular as salsichas. O grande tema chegou à mesa ao lado do ketchup e dos enroladinhos: animais confinados. O assunto estava tão presente na vida de Anna ultimamente que era provável que ela se masturbasse com vídeos de pintinhos libertos.

O bom era que Anna ocupava todo o espaço sonoro, e eu podia captar os "não", "sim", "é verdade", consegui até identificar um "com certeza" da voz de Thomas. Guardei as entonações dele, percebendo suavemente sua voz. No espaço calmo e apertado da sala, as palavras ricocheteavam nas almofadas brancas para entrar com dificuldade, mas segurança, em meus ouvidos.

A confiança era um canal, uma fonte, da qual a voz grave média de Thomas jorrava. Às vezes, ele até levava um tempo para não dizer nada, com modulações da voz, um *vibrato* que lembrava um instrumento de sopro.

Então ouvi a doce voz delirante de Anna:

"Seria necessário ter um deus para cada coisa, e tudo faria sentido de novo, *fatalmente*." (Anna adorava insistir nos advérbios, tanto quanto adorava fazer parênteses explicativos com *nota bene*, *confer*, que soavam nos seus lábios como interjeições árabes.)

Quando Anna me ofereceu uma xícara de chá japonês e pequenas larvas flutuavam na superfície, eu a avisei que o chá estava cheio de vermes; eles então emitiram aquele padrão que chamamos de riso. Eu os acompanhei com meu riso silencioso. "Não, isso é arroz", e me olharam como a uma criança.

Muitas vezes eu percebia esses olhares carinhosos diante dos meus olhos redondos tentando seguir o pingue-pongue da conversa. Na sequência, frequentemente era sucedido por um olhar inquieto que procurava nos outros locutores a resposta para a pergunta: "Ela é estrangeira?".

## 30

ESTRANGEIRA, É ISSO, eu era estrangeira. Desenraizada da linguagem. Quando Anna estava na fase em que lançava *arrivederci*, *baci*, *tutto bene* por qualquer coisa, trazendo à tona seu amor pela Itália, de onde tinha origens distantes pelo lado materno, e vagas lembranças do curso de italiano — eu acho que ela fantasiava uma Itália ensolarada, com cidades abatidas pelo calor, atravessadas pelos longos lamentos das carpideiras —, e me dizia com a mão no coração: "Sinto saudade do italiano", eu tinha convicção em afirmar que, da minha parte, sentia saudade da língua francesa.

Eu não conhecia o prazer de tranquilizar-se ao som do doce ronronar de uma língua conhecida que ressoa em meio à multidão, o poder de sentir-se em casa rodeada por desconhecidos. Na rua, no meio do tumulto, era como se a língua francesa fosse o ruído de frangos de granja. Quando pequena, devo ter sido completamente depenada, tremendo em meio a pintinhos balbuciantes, cheios de baba e o nariz sangrando.

Não me lembro de nada.

Além disso, não me lembro de nenhuma palavra, nada das entonações antes do aparelho auditivo, ou seja, até os meus cinco anos. Será que o mundo não tinha nenhum contorno sonoro? Ao investigar melhor, percebi que eu não tinha nenhuma lembrança.

Será que para ativar a memória precisamos do som?

## 31

ANNA ME CONTOU QUE THOMAS gostava de mim: "Você tem pra ele o mesmo efeito de um banho de mar". Não entendi. Achei que Thomas estivesse apenas lisonjeado por eu ler os lábios *dele*. Eu devia parecer um dos lêmures fotografados por Anna no zoológico, cujos retratos presos em um mural deixaram ela e Thomas empolgados. Eu detestava esse mural na casa da Anna, tanto que o apelidei de mural da vergonha: as paisagens dos Alpes suíços rivalizavam com o calendário do time de rúgbi nu, algumas fotos em preto e branco, frases de poetas marginais e algumas fotos da sua avó nos anos 1970.

"Ele gosta bastante de você." Anna insistiu, e eu suspeitava que ela não tivesse noção de quanto eu tinha medo disso.

"Você tem medo do quê?"

"Da minha fragilidade ser vista."

"Justamente, vai te fazer bem ser vista."

*Ser vista*, até mesmo a voz de Anna se deformava, aspirada pelo monstro do silêncio que alimentava as palavras.

"Arrastar alguém para o fundo do poço comigo."

"Louise, você está enganada, isso é um renascimento."

Eu já estava cansada dos comentários de algumas pessoas. Todos sabiam melhor do que eu como devia ou não agir.

De raiva, não pude conter as lágrimas, solucei em silêncio diante da cara arrependida de Anna.

Ela me mostrou um papel em que escrevera:

$$\begin{pmatrix} x_{1t} \\ \vdots \\ x_{nt} \end{pmatrix} = \begin{pmatrix} \mu_1 \\ \vdots \\ \mu_1 \end{pmatrix} + \sum_{i=1}^{p} \begin{pmatrix} \varphi_{11} & \cdots & \varphi_{1n} \\ \vdots & \ddots & \vdots \\ \varphi_{n1} & \cdots & \varphi_{nn} \end{pmatrix} \begin{pmatrix} x_{1,t-k} \\ \vdots \\ x_{n,t-k} \end{pmatrix} + \begin{pmatrix} \varepsilon_{1t} \\ \vdots \\ \varepsilon_{nt} \end{pmatrix}$$

$$\rightarrow X_{t+b} = m + \sum_{k=0}^{\infty} c_k \varepsilon_{t+b-k}$$

Eu a olhei sem entender.

Ela continuou sua demonstração em outra folha dizendo:

$$L_t = L_{t-1} + \varepsilon_t$$

$$L_t = \sum_{i=0}^{t} \varepsilon_t + L_0$$

$$\frac{\partial L_t}{\partial \varepsilon_t} = \frac{\partial L_t}{\partial \varepsilon_0}$$

"Veja, $L$ é você, Louise. $T$ é o tempo." (Sua língua rechonchuda ultrapassava os dentes, será que Anna gaguejava?) "Então, a Louise de hoje é igual à Louise do tempo menos um, quer dizer, à de ontem mais o conjunto de tempo que você passou" (Anna me olhava intensamente para não ter dúvidas de que eu acompanhava seu raciocínio), "o que significa" (o indicador de Anna apontava para a segunda linha da equação) "que você é tudo o que te aconteceu desde o nascimento. Essa caminhada aleatória é um processo estocástico e não estacionário."

"Então, Anna, o que isso tem a ver comigo, esse processo masoquista não estacionário?"

Anna, do alto de sua inteligência, não tinha levado em conta essa pergunta. Fixou de novo seu olhar no meu, forçando a dilatação das pupilas para que eu não me perdesse no vasto oceano de seus saberes.

"Bom, essa equação demonstra que o efeito daquilo que houve com você há muito tempo é o mesmo dos acontecimentos de ontem. Você é tudo o que aconteceu na sua vida."

"E?"

"O que você foi como ouvinte é tão importante quanto a perda da audição. A entidade 'Louise' é tanto aquela antes da perda quanto o que você é agora. Nada mudou na entidade 'Louise'. Você não é menos que antes. A perda não é uma subtração do seu ser. Thomas teve sorte de te encontrar hoje."

Ela me olhou orgulhosa de si, orgulhosa de ser a amiga sábia e a que fazia de tudo para me animar. O que acabou me arrancando um sorriso.

A teoria de Anna tinha ao menos a virtude de iluminar o meu cansaço, de furar sua membrana para que eu pudesse ver uma abertura para outro lugar.

## 32

THOMAS ERA CONSULTOR EM MOBILIDADE, eu não tinha entendido exatamente o que isso significava, mas tinha captado que o nome na placa do seu setor era "território". Se eu o escutasse, ele dizia que nós pertencíamos a uma bola de terra situada na periferia da galáxia e que nosso planeta era uma zona de redes e conexões a serem fidelizadas.

Além daquela palavra-chave, não consegui captar grande coisa.

Ao observá-lo no meio da multidão, era como se eu pudesse acessar quem eu seria se não fosse quem era; ou quem poderia ser se o implante permitisse me tornar normal.

Eu o vi:

— virar a cabeça ao mesmo tempo que os outros na direção de um acontecimento;

— levantar o olhar quando um avião atravessava o céu;

— ouvir conversas no transporte público;

— responder rápido a várias solicitações na rua, o sorriso contido nos lábios presos.

Era como se pudesse me esconder atrás dele, como se ele fosse capaz de apagar todos os meus defeitos.

Olhando para ele, viver parecia uma coisa inata. Aquela simplicidade, era a primeira vez que eu sentia contra minha pele. (Um dia, tentei explicar isso a Thomas, o nada que ele me trazia, como quando dormimos, aquele momento em que estamos prestes a acordar, e ele me disse, chateado: é exatamente o contrário o que você deveria sentir.)

Quando me falava de mobilidade, será que sabia o quanto eu era imóvel?

Quando me falava de território, será que sabia o quanto eu era deslocada?

Quando me dizia: "Você gosta de vergões frescos?".

E eu respondia: "O quê?".

E ele: "Você gosta muito de falcões?".

E eu repetia: "O quê?".

E ele: "Você gosta de dragões assustadores e de montanhas?", será que desconfiava que eu me arrependia de não ter um cinto explosivo porque me dava muita, mas muita vontade de explodir diante dos olhos dele?

## 33

NA SALA DE ESPERA DO FONOAUDIÓLOGO, os jornais em cores berrantes contrastavam sobre a mesa, *Surnal, O Eco dos Surdos, Maxissurdos, Vida Surda*, com os mais desgastados permanecendo bravamente no meio da mesa de centro da sala de espera. Peguei *O Eco dos Surdos*, no topo da pilha, que trazia essencialmente pesquisas sobre acufenos e doenças genéticas que levavam a perdas bruscas de audição. Li bons testemunhos de adolescentes e de idosos que incentivavam os leitores a escolher uma boa equipe médica e, sobretudo, a ter acompanhamento psicológico.

Rapidamente desisti daquilo e peguei o *Maxissurdos*, o jornal dos surdos profundos, mas logo me senti observada. Ao levantar os olhos, percebi um homem de uns trinta anos, sentado à minha frente, atrás do *Trinta Milhões de Surdos*, que entrou ali sem que eu tivesse ouvido. Ele desviou o olhar na hora. Eu o observava: será que era transplantado? Aparelhado? Um ou dois aparelhos? A massa loira e cacheada não revelava nada. Espremi os olhos para ativar o zoom, na esperança de um movimento, mas ele permaneceu imóvel, o olhar fixo entre os pés, até que levantou a cabeça, e eu baixei a minha e mergulhei de novo no artigo "A festa da agricultura dos surdos na fazenda de cabras de Filletières" sem perder nenhuma sensação: a pressão do olhar daquele homem escaneava minuciosamente meus cabelos soltos.

Passos entraram no meu campo de visão, reagi lançando um "bom dia" na direção de uma mãe jovem, esbelta e encurvada, envolvendo um bebê implantado em seus braços. O outro não a cumprimentou, continuava a observar o espaço entre os pés. Senti desaparecer sua curiosidade sobre mim, toda a tensão se dissipar, e ele não levantou mais o olhar, como se tivesse achado o que procurava. Com certeza tinha reconhecido meu grau de surdez. Tentei chamar sua atenção de algum modo, mas ele me ignorava, até que o fonoaudiólogo abriu a porta. Uma corrente de ar levantou nossos cabelos e eu vi algo brilhante, talvez um fio de aparelho auditivo. O fono o cumprimentou, o outro não respondeu, apenas um sorriso envergonhado, um rubor nas bochechas, depois se levantou tão rápido quanto um inseto, a tempo de ainda me olhar de lado antes que a porta se fechasse atrás dos cachos guardiões de segredos.

Balbuciei algumas palavras um pouco perturbada ao ver no outro a mesma timidez e as mesmas tentativas de fuga que eu tinha com os ouvintes, e descobri que podia provocar aquele mesmo desconforto nos outros surdos. Eu era, então, menos surda que ele, será que ele podia ouvir a minha voz? Eu procurava por um semelhante, todos nós procuramos por um semelhante, e não era ele, também não era eu.

Com relação ao bebê, o implante parecia grande demais para a orelha frágil, e a antena estava presa com uma faixa macia no cabelo. Seu destino se desenhava ali, sua vida seria parcialmente marcada por um implante, ele não seria eu, não seria o outro, seria um implantado, e faria uma viagem inversa à minha: entrar no som, enquanto eu entrava no silêncio.

# 34

NO CAMINHO PARA O TRABALHO, a coleira do cachorro cortava minhas mãos, me puxando na direção oposta à da prefeitura, talvez na direção das plantações de couve, milho, trigo e beterraba que se estendiam ao longo da rodovia, para o leste. Os latidos do meu cachorro cobriam o ruído dos motores, quase me fazendo ser atropelada duas vezes, e o soldado acendia o toco do cigarro compulsivamente, observando a cidade, olhando sem constrangimento o traseiro das transeuntes nos jeans apertados e parando em frente à vitrine das lojas de cigarros eletrônicos.

Foi uma luta para conseguir chegar no horário; e no cruzamento, na metade do caminho para a prefeitura, em meio ao tumulto da manhã, uma placa chamou a minha atenção:

*Nils Oyat, especialista em heterogenia, agende seu horário.*

Tirei uma foto para enviar a Anna e continuei minha batalha até a prefeitura. Cheguei em cima da hora, suada, depois de perder dez minutos esperando que o soldado passasse pela porta de entrada com detector de metais, desvencilhando-se de todas as suas velhas balas *dum dum*, aquelas de uma crueldade terrível, que desabrochavam nas feridas do inimigo e que ele conservava como relíquias. Sham, funcionário da segurança, um homem que parecia ter acesso a um outro mundo para além dos seus olhos avermelhados de cansaço, sempre indiferente, como que preso nas lembranças, deixou o soldado passar. Ele nem notou o cachorro, que por pouco não mijou no painel de informações.

Entramos correndo pelos corredores do subsolo para chegar ao arquivo das certidões de óbito. Odores de metal e de poeira embalsamavam a sala e pareciam consolar o soldado, cujo rosto se iluminou num sorriso comovido, enquanto o cachorro dava uma volta pelos corredores. Sentei em minha mesa, sob as lâmpadas frias, e continuei minha missão de arquivar os mortos da Primeira Guerra Mundial. O soldado me ajudou a separar por datas e, no final da manhã, nossa organização estava bem adiantada.

Absorvida pelo trabalho, não reparei nas mãos trêmulas do soldado e nos seus olhos embaçados. Ao início da tarde, os papéis que me entregava estavam enrugados por lágrimas:

"A morte de, a palavra de ordem de, a morte de Armando Amante." (eu lia na certidão de óbito o nome Armando Amante.)

Ele recuperou o fôlego, seus cachos balançavam ao ritmo de sua melancolia, e continuou:

"Ele me falava de Vênus, um planeta que não conseguimos ver da Terra. Era um homenzinho ruivo com manias estranhas: passava o dia dormindo e acordava à noite para perambular pelas trincheiras."

Em seguida, o soldado me mostrou seus sapatos:

"Precisei tirar todos os pregos, porque usei para o nome dele, em seu túmulo. É por isso que ninguém me ouve quando chego."

Depois tirou do bolso um papel sobre o qual havia uma folha de samambaia seca, com as menções da data e do local. "É um herbário de guerra", disse.

Papoulas, margaridas, heras testemunhavam o avanço da tropa para Verdun, Argone, Champagne.

O aparte teve que terminar ali, pois um colega do Arquivo Nacional chegou para verificar o andamento da missão e consultou algumas certidões digitais para saber se não faltava nada, se o processo tinha sido aplicado de forma correta. Ao rolar a tela, ele ditava com uma voz áspera e frágil os documentos que eu tinha manipulado: "... mil quilômetros de papel... difícil de digitalizar os objetos que têm mobilidade...". Logo se desencadeou uma luta entre meu dicionário interno e a memória dos fonemas, o que me fez perder vários elementos da conversa, mas, mesmo assim, consegui captar algo parecido com "controle de qualidade".

Tudo corria bem, exceto pelo fato de que eu havia me esquecido de assinalar a opção "controle do usuário" no fim da digitalização. Ele embarcou em uma longa explicação, na qual, em meio a cada palavra, tinha um som de rangido característico das pessoas que buscam formas de organizar suas frases enquanto mantêm o tom de voz, o que me exigia um esforço a mais para distinguir as palavras desse ruído constante. Toda a minha atenção fora monopolizada para analisar o que ele me explicava, e assim entendi: a opção "controle do usuário" deveria ser assinalada assim que a certidão de óbito digitalizada fosse salva. Dessa forma era possível determinar que o usuário não era um robô. Para isso, era solicitado que o usuário identificasse, em uma fotografia em preto e branco das trincheiras, a área onde se viam os mortos.

Meus olhos abraçavam todos os movimentos: os lábios do encarregado pelo controle do processo aos seus dedos no teclado. Saltando com os olhos, só cheguei a uma sucessão de *aaa*, com as sobrancelhas angulares do colega agindo como consoantes. Deduzi que ele me perguntava se estava tudo bem. Murmurei um "sim" praticamente inaudível. Ele parecia quase satisfeito e terminou recolhendo seus escassos pertences, casaco e pasta.

# 35

TINHA SE PASSADO UM MÊS desde o nosso segundo encontro, em que Thomas, na minha casa para um drinque com Anna, vira um dos meus audiogramas largado no corredor de entrada.

Eu tinha tido tempo de esquecer isso e, numa noite de abril, quando tínhamos acabado de começar a nos ver, ele me arrastou para um lugar escuro. "Não gosto de surpresas." Ele me respondeu com onomatopeias vitoriosas que supostamente me motivariam a subir o último degrau. "Detesto bares escuros", eu disse. Ele me pegou pela mão e me fez descer a escada que levava ao subsolo, uma sala vazia e abobadada. Com a luz que passava entre as pedras dava para ver a umidade das paredes, e ao fundo havia um armário.

Um som perfeitamente claro cortou o ar, uma nota de guitarra ficou suspensa por um tempo, redonda e cheia, um som quente que fazia a garganta vibrar. Depois não houve mais nada, o som ressoou no silêncio profundo. E aquilo recomeçou, várias e várias vezes. Vibração baixa na minha garganta, no meu esôfago, o crânio envolvido pela membrana elétrica do som — silêncio que retém a nota precedente na memória —, deflagração da nota sensível, sempre a mesma, aguardada, esperada — silêncio veludo —, sorriso de Thomas — silêncio espera.

Depois o saxofone se espalhou pela sala, preenchendo o espaço entre meus pulmões, o crescendo das notas agudas me encharcou. A emoção me atravessava como um rio. Eu podia ouvir o ataque, o sopro vindo do bico do instrumento. A nota de destaque que se retira para atacar, mais aguda, congelando meu coração molhado, acalmou meus ouvidos ardentes. Uma projeção com a paisagem de cumes delineados atravessava a noite acesa e se misturava com as imagens em preto e branco de uma Paris noturna, colorida pelo som. (Como Thomas sabia que *Ascensor para o cadafalso* era meu filme preferido?)

Às vezes, ouvir mal me deixava hipermnésica. No último solo, claro, potente, que eu nunca tinha ouvido antes, vi os lábios de Thomas traduzindo diálogos do filme para mim: "Eu sei, tem a vida privada, mas a vida privada é manca para todos. Os filmes são mais harmoniosos que a vida, Alphonse" — e pude rever a linda espera de Jeanne Moreau, no café, em preto e branco, a doçura do medo, como pareciam suaves para mim aquele medo e aquela expectativa, como era bonito ver aquele desânimo na saia lápis com as pernas cruzadas —, "não tem engarrafamentos nos filmes, não existe tempo morto. Os filmes avançam como os trens, entende? Como trens na noite".

Eu adorava *Blue Train*.

Mais tarde, reconheci as notas da primeira faixa do disco, elas fluíam como eu jamais tinha ouvido.

Eu tinha dito para Thomas que o saxofone é o que mais se aproxima da voz humana, às vezes eu confundo os dois.

E depois ele tinha escrito para mim a frase de Miles Davis: "A verdadeira música é o silêncio, e todas as notas apenas enquadram o silêncio", me convidando a aceitar que o silêncio vinha primeiro que o som.

Por fim, chorei de emoção quando ouvi o baixo e depois o piano. Eu conseguia ouvir cada um dos instrumentos.

Como era possível? "Você se lembra do audiograma?" Thomas o havia entregado a um de seus amigos músicos e ele adaptara *Blue Train* para minha curva auditiva, ajustando cada uma das frequências para que meus ouvidos pudessem absorvê-las melhor.

# 36

QUANDO THOMAS PRONUNCIOU a palavra *amor* pela primeira vez, não consegui ouvir.

Boca fazendo biquinho/ abertura máxima do canto dos lábios, ponta da língua de Thomas contra os dentes/ lábios entreabertos/ inspiração leve, lábios rapidamente fechados/ olhos brilhantes.

"Te amo." Para mim, aquelas eram palavras pronunciadas em filmes B por famílias da periferia dos Estados Unidos. Elas apareciam em amarelo na legenda e por isso eram o que tinha de mais brega na face da Terra.

Mas Thomas acreditava naquilo, como se fossem a chave para uma passagem, enquanto, para mim, elas fechavam portas. Seus lábios se amassavam contra os meus e eu tinha a sensação de que "te amo" tinha sido um codinome para acidentes.

Então, me deixei cair sobre Thomas, naquele algodão delimitado por seu corpo. Eu precisava de um guardião, eu me enrolava nele à noite e sentia sua respiração em mim num movimento crescente.

Acima de tudo, eu me sentia segura porque havia alguém na

minha vida, como se aquela presença tivesse a virtude de lidar com o problema do amor mais do que de resolvê-lo.

    Era sem dúvida o melhor que eu podia fazer, vê-lo me amar talvez fosse uma maneira de me reconciliar com a sociedade.

# 37

DEPOIS DO SHOW QUE SELOU minha relação com Thomas, fiquei presa no ônibus, um caminhão bloqueou a via, a manobra parecia complicada entre as grades do canteiro de obras e os pedestres que saíam de toda parte e as motos e bicicletas que passavam pelas brechas. Os passageiros do ônibus pareciam inquietos, irritados, levantavam o olhar para a paralisação, comentavam, assentiam com a cabeça ou desaprovavam, especificando com as mãos o que parecia o melhor a ser feito: dar ré, avançar, dar meia-volta. O burburinho aumentou. O cheiro de escapamento indicava que uma moto acabara de passar, o cheiro forte de laquê de alguma passageira que movimentava a cabeça, a transpiração ácida de tom cítrico tentava encobrir uma nova tensão: os cheiros abriam o espaço obstruído pela audição.

Ficamos assim por um tempo, até a noite cair e as luzes da cidade renovarem completamente a paisagem.

Quando desliguei meu aparelho auditivo para me proteger das interferências sonoras agressivas, tudo me pareceu mais suave e confortável e assisti a um espetáculo de luzes piscando, feito de faróis e semáforos tricolores. Até a tela dos celulares completava esse quadro noturno em que os dedos reativavam a iluminação. Eu sorri, inocente, até que meu aparelho ligou de repente, empurrando-me com violência para uma cidade cansativa, que gritava em perigo permanente. Corri para a saída do ônibus, traçando um caminho entre a massa compacta dos passageiros, e depois, ejetada do veículo, corri na direção de um beco para me desligar de novo, guiada apenas pelas luzes da rua e pela harmonia do silêncio.

## 38

EM VEZ DO AR DA PRIMAVERA, eu respirava aquele cheiro de cachorro molhado que minhas digitalizações monótonas exalavam: remover os grampos se houver — papel na máquina para deixá-lo liso — regular o scanner — colocar a folha — botão — FLASH — FLASH — olhos que ardem, olhos que queimam — verificar qualidade da imagem — salvar o arquivo — compartilhar.

E, quando eu erguia a cabeça, sentia o silêncio, que não era de fato silêncio. Ouvia a soma da ausência de ruídos. O silêncio era um abafamento, como se os sons estivessem atrás das paredes. Eram eles que me ouviam — o coração batendo, a respiração, minhas articulações —, eu podia ouvi-los escutando por detrás das paredes espessas da sala de arquivos.

Então tive a estranha sensação de estar sendo observada pelos sons, esses grandes ausentes. Mas talvez os estivesse confundindo com os mortos da Primeira Guerra, cuja existência cabia nos papéis organizados nas prateleiras e nos ruídos. As coisas se tornavam vivas, como os mortos. Eu sentia o peso deles contra minha pele. Estava rodeada pelo som dos mortos, pelo silêncio dos vivos, pelos sons mortos-vivos.

# 39

AO SAIR DO TRABALHO, tive vontade de me aconchegar em um lugar onde não tivesse ninguém. No Museu de História Natural, a galeria de anatomia comparada me parecia ser um bom esconderijo para o final de um dia maçante. Na entrada, uma horda de esqueletos dos maiores mamíferos terrestres galopava ao vento, suas ossadas recompostas davam a ilusão de movimento. A galeria de anatomia comparada me lembrava uma civilização que estava prestes a desaparecer, e foi inevitável fazer um paralelo dos sons dos esqueletos com os meus ouvidos, à medida que eles se perfilavam em meu córtex. O sirênio de Steller, mais conhecido pelo nome de vaca-marinha, tinha desaparecido completamente, como resultado do consumo excessivo, dizia um folheto.

Eu me virei para as vitrines ao longo das paredes e fui totalmente engolida por crânios de ratos dispostos em pequenas redomas de vidro sobre um fundo azul-noturno. Aquilo me atraía, a junção entre sombra e luz em cavidades solitárias.

De tão absorta, me esqueci dos grunhidos. O cachorro ofegava diante do esqueleto do *Canis azaræ* do Peru, deixando escapar alguns latidos agudos e amedrontadores.

Na direção oposta da entrada estava a vitrine de teratologia. Dava para observar monstros que boiavam nos vidros com formol: porco ciclope, cachorro com lábio leporino, carpa sem cabeça, ovelha siamesa. A teratologia, tal como estava escrito, estudava as más-formações provenientes de anomalias do desenvolvimento. Aquelas ali eram decorrentes de uma divisão embrionária tardia ou incompleta, ou de modificações genéticas hereditárias (anomalias cromossômicas) ou acidentais (exposição a agentes tóxicos, radioativos, infecções).

E qual monstro eu seria? Eu me imaginava congelada no formol por uma eternidade, o nariz franzido, o ouvido estendido, a boca aberta para formular o "o quê" característico da vitrine. Mas, depois de tudo, não se sabia se eu era um monstro de fato: nunca havia feito um teste genético e nenhum membro da minha família era surdo.

Continuei a ler: "Antes do século 19, essas anomalias eram consideradas fatos casuais (então por que recaiu justo sobre mim?), deuses e demônios provocavam o imaginário: monstros antigos como a sereia, o Cérbero, o ciclope da *Odisseia*, de Homero; monstros que habitavam o inferno nas obras da Idade Média como nos quadros de Hieronymus Bosch ou nos frontões das igrejas".

Em termos de imaginário coletivo, o surdo era invisível, não existia nenhuma lenda de ouro em torno de ouvidos defeituosos. Os surdos não tinham lugar nos mitos fundadores da humanidade. A empatia era inegavelmente reservada aos cegos. Na China, os surdos eram jogados ao mar; na Gália, eram sacrificados em nome dos deuses; em Esparta, eram jogados do alto das falésias; em Roma e Atenas, eram expostos em praça pública ou abandonados no campo.

Édipo furou os próprios olhos, mas por quê? Deveria ter furado os ouvidos. Na verdade, os ouvidos é que eram uma questão.

Édipo não ouviu bem a mensagem do oráculo, tinha deficiência auditiva, não soube ouvir os avisos. Mas o surdo não tem a grandeza do cego, nem sua calma filosófica. E a moda da psicanálise persistiu nesse mal-entendido. O que, na verdade, não faz o menor sentido, os psicólogos não são olhos nem bocas, eles são ouvidos.

A última parede que acompanhava o visitante até a saída expunha diferentes órgãos que eu atribuía ao som, primeiro os pulmões, o órgão da respiração, depois corações de todos os formatos. A função deles é bombear o que nos mantém vivos, são eles que nos permitem viver.

Línguas de lhama, de hiena — más línguas — lambiam suas alcovas. ("Mas você não está ouvindo o *th*?", perguntava a professora de inglês, insistindo na ponta da língua presa entre os dentes. "Mas você não consegue ouvir o *r* enrolado? Não é complicado", dizia a professora de espanhol, me mostrando a parte de baixo da língua em sua grande boca aberta.)

Na próxima vitrine, quadrados cinza com pequenos buracos pretos no centro estavam fixados em placas numeradas. Fui ler a legenda para descobrir que se tratava de orelhas de peixe. Havia um botão ao lado, eu o apertei fazendo disparar uma rajada de vibrações que subiram até meu antebraço. Um painel luminoso foi exibido para completar as informações: a experiência sensorial nos apresentava a maneira como o peixe consegue apreender o som, por vibrações.

Depois, segui na direção do cubo completamente translúcido: a audição das águas-vivas, o oposto do buraco negro que representa o ouvido dos peixes e dos homens.

No lugar de um botão, podíamos mergulhar os dedos em uma superfície viscosa que de tempos em tempos se contraía, como uma vulva. A plaquinha iluminada indicava que as águas-vivas não têm ouvidos, seus órgãos sensoriais orientam-se pela sensibilidade visual ou pelo equilíbrio. Eu me sentia uma água-viva, flutuando na massa, com pouca visibilidade.

A ostra ocupava o espaço de transição para o ouvido humano. Era possível deslizar o dedo e sentir um belisco. A placa luminosa dizia que a ostra reage aos audiogramas que uma equipe de pesquisadores produziu fechando-se bruscamente, sobretudo nas frequências graves. A sensibilidade às vibrações do som permite que ouça as ressacas, os predadores e os navios.

A placa, enfim, explicava que estes últimos prejudicavam a saúde das ostras, que assim se abriam e se fechavam com frequência.

Eu compreendia as ostras.

A vitrine dedicada ao ouvido humano era notadamente menos gráfica que a dos peixes, cnidários e bivalves, o quadro era composto de amostras de ouvidos humanos, fragmentos de ossos, detritos. Pareciam destroços de barcos carcomidos pelo sal e levados pela maré até o museu.

Meus ouvidos nunca tinham sido capazes de navegar por outras línguas, eu me sentia como uma mistura híbrida de água-viva, peixe e ostra.

## 40

LÁ FORA, TUDO PARECIA ABAFADO. Talvez, na próxima primavera, o mundo esteja recoberto de um silêncio ainda mais profundo. Quando adentrei a escuridão, não percebi que tinha caminhado na direção do herbário do Museu Nacional de História Natural.

O prédio era idêntico ao da galeria de anatomia comparada, exceto pelo caminho interno, que era diferente. O visitante precisava baixar a cabeça para observar as pranchas com flores secas sob os vidros, como num velório. O móvel de madeira maciça sobre o qual estavam expostos os herbários tinha a aparência de uma mesa de açougue com gavetas que podiam ser abertas como tábuas de cortar.

Na primeira fileira, encontrei amostras de madeira da ilha de Páscoa. Os pedacinhos pretos estavam presos em molduras escuras, como se repousassem em caixões. Eram as únicas testemunhas da floresta desaparecida da ilha. Mais adiante, as flores secas enchiam os quadros com suas volutas. Comovida, eu seguia as curvas delas com os dedos. Permaneci um tempo diante da papoula seca, a pétala quase transparente sobre a página. Será que alguns sons podem se descolorir antes de desaparecerem?

Anotei:
Jardim das plantas
Nome latino: *Folium mortem*
Nome usual: folhas mortas
Latitude: 48.866667
Longitude: 2.333333
Mandíbula que mastiga moscas secas.

Mas, de repente, ouvi um barulho de martelo. Como em um canteiro de obras, mas menos mecânico. Para desviar minha atenção, depois de organizar meu *Herbário sonoro*, passei o dedo sobre o vidro para memorizar a forma da papoula seca. Mas o barulho aumentou. Por mais que me virasse, que me ocupasse da papoula seca ou que contasse, sobre as falanges do meu punho fechado, os dias que compõem o mês de março, o som não se desviava de mim. Parecia de passos, de vários passos pesados. Mas eu estava sozinha na galeria. O martelo ficou tão forte que cobri os ouvidos (estupidamente) com minhas mãos e fechei os olhos. A forma da papoula persistia em minha retina e balançava suavemente sob minhas pálpebras fechadas. Imaginei assim um campo de papoulas, e quanto mais flores mais distante se tornava o barulho.

Eu lutava para manter a imagem fixa na minha cabeça e eliminar de vez o barulho infernal. Abri os olhos e tudo desapareceu. Naquele desconforto, tinha avançado alguns passos e me vi diante de uma placa onde estava escrito:

"A papoula é uma erva daninha ('prolifera em colheitas'). Tais flores cresceram em todas as zonas onde havia trincheiras, sobretudo onde aconteceram as 'tempestades de aço', que remexiam a terra fazendo a camada calcária ir para a superfície. Barro e sangue assim se misturavam, transformando-se em um fertilizante poderoso, o que propiciou a eclosão de milhões de pétalas que iluminaram os campos de batalha da Primeira Guerra."

De repente, pude ver em um canto da sala, no lugar do segurança, o soldado com as mãos na cabeça. Ele tremia. Antes mesmo de me aproximar dele, uma mulher surgiu de não sei onde e lhe estendeu um lenço. Afastei-me para observá-los, já que ignoravam a minha presença. A mulher falava suavemente e ele lançava olhares hesitantes para ela. Ele tirara o quepe e o rodava com os dedos — senti uma pontada de ciúmes. Os cachos recaíam em seu rosto. Me lembrei da noite de amor, minhas mãos em seus cabelos grossos, os cachos que se enrolavam em meus dedos enquanto sua mão subia pela minha coxa. Fiquei ainda mais atordoada, quem tinha passado aquela noite comigo, o amigo ou o soldado? Quando o ciúme começou a latir, a mulher e o soldado se assustaram, mas foi ela quem veio correndo em minha direção, com os olhos em pânico.

Ao me virar, esperava que o cachorro aparecesse, mas ele não estava lá. Fiquei então sozinha, com a sensação de que eu mesma havia deixado escapar um grito animalesco. "Você está bem?" A mulher tinha uma dicção perfeita, seus lábios tomavam cuidado para destacar cada sílaba. Ela estava tão próxima de mim que eu podia ver sua pele fina e ligeiramente enrugada com manchas marrons e um grão quase imperceptível de papel higiênico barato. Quando percebeu que eu a observava atentamente, afastou-se de mim.

"Adoro herbários", eu disse, tentando disfarçar o constrangimento que se instalara entre nós.

Corri para me refugiar na casa de Thomas, para me distrair com a presença dele. Ali os corpos e as coisas tinham lugares definidos, e essa ordem adormecia os sentidos, acalmava a imaginação, ali meu soldado e a botanista não conseguiriam me alcançar.

## 41

NO DIA SEGUINTE, Thomas me deixou na prefeitura, fui para o subsolo e, na hora do almoço, precisava acessar o andar zero da existência, deixando para trás o crepúsculo e as luzes fluorescentes das certidões de óbito. Como eu não tinha a menor vontade de cruzar com os antigos colegas na cantina, só subi quando não havia mais ninguém lá.

Geralmente, eu sentava nas cadeiras de plástico azul ao lado da bananeira falsa. Mas, quando cheguei, outro ser humano já tinha se refugiado ali. Respondi ao cumprimento, mas não tinha certeza, tive a impressão de ser um palavrão — assim como eu, ela deve ter praguejado quando me viu. Eu não a conhecia, seu rosto angular não me era familiar, mas ela tinha uma rigidez que me intrigava. Eu lhe disse que era surda. Cada uma sob uma folha da bananeira, o lugar da conversa foi tomado por nossa mastigação.

Desde então, Mathilde foi minha única aliada, eu aprendi a usar sua técnica de bicho-pau para me aproximar dos colegas nas impressoras e fazer escudo com as certidões de nascimento.

*Carro asmático*/Carismático
Do que poderíamos falar?

Olhei fixamente para um colega na impressora:
"A impressão
(o soldado escreveu "impressora" em uma folha)
não está boa. Deve
("pode", escreveu o soldado)
ter algum defeito.
("Isso eu entendi", disse ao soldado. Ele insistiu e escreveu "reparo".)
"Reparo intermodal ou plasticidade, esse é o nome do fenômeno. Quando a pessoa não tem acesso à modalidade sensorial, o córtex se reorganiza e coloca as outras modalidades como prioridade."

Para me salvar de situações constrangedoras, nunca mais deixei a *Revista Anarquista de Neurociências*, cuja assinatura minha mãe tinha me oferecido. Com certeza, ela imaginava que eu pudesse adotar um comportamento mais "revolucionário" diante das perdas, mais pacífico com a tecnologia.

No fundo, ela não estava errada, tive que me acostumar com a ideia de que um dia, talvez, seria uma pessoa implantada. E esse dia estava chegando. Mas, quando lia as experiências com assombro e fascinação, a ciência me parecia uma versão mais hard-core de *Detetive*:

"Em um estudo com um filhote de gato privado de visão por conta da sutura das pálpebras ou da enucleação bilateral, o número de conexões visuais calosas transitórias diminuiu gradativamente a privação visual, quando comparado a gatos adultos."

Eu podia imaginar minhas orelhas suturadas ou a cóclea para fora, como uma pipoca estourada, e os eletrodos na minha testa.

Mas o artigo que encontrei na sequência me chamou a atenção: "Segundo alguns estudos, as pessoas surdas mostram aumento da capacidade de lidar com o movimento visual. Entre outras coisas, os surdos são mais rápidos e precisos para perceber a direção do movimento no campo visual periférico e produzem ondas de potencial evocado visual de maior amplitude".

*Mais rápidos e precisos para perceber a direção do movimento no campo visual periférico.*

Eu realmente sentia que minhas capacidades visuais tinham aumentado. Os últimos raios do sol não eram mais tão prejudiciais para a leitura labial. Conseguia ler até com o canto dos olhos o que o soldado me escrevia para evitar mal-entendidos. Ele lançava mão de todos os recursos que tínhamos. Às vezes, enviava mensagens para me ajudar, outras vezes me esquecia.

# 42

O FONOAUDIÓLOGO DAVA SOCOS na concha de vidro onde listas de palavras e de frases eram cuspidas por uma pequena caixa de som preta, apontando que eu devia isolar os ambientes sonoros. Eu repetia, assustada, como um bicho de laboratório, "tenho apenas um amor" — sua voz quente e sonora dizia "sim" —, eu continuava: "Meu primeiro amor é um lobo". Não tinha certeza, cogitei "meu primeiro amor de pescoço longo". As maçãs do rosto do meu fonoaudiólogo levantaram num sorriso e ajudaram a me lembrar da resposta correta. E, ali, eu me perdia em hipóteses que me distanciavam da lembrança dos sons, do mesmo modo que o relato do sonho se afasta das imagens. Ali, o primeiro amor era um lobo, mesmo se não fizesse nenhum sentido, era a resposta correta. Eu estava contente, pois ao compreender "meu primeiro amor é um lobo", me distanciava da minha condição de animal.

Sons secos interromperam o final da sessão, o olhar do fonoaudiólogo em direção à porta me fez entender que aquilo vinha da vida real. Um homem entrou, lancei um olhar pesado para ele, cheio de desdém pela impaciência. Ele não podia esperar como todo mundo? Assim como eu, que esperei na sala verde-água, como os outros tinham esperado, na expectativa de que a audição avançasse ou recuasse como uma flor de lótus no interior dessas paredes-aquário.

Levantei bruscamente e trombei com o corpo grande e constrangido por me ver fugir daquele encontro organizado pelo fonoaudiólogo. "Não foi você que me disse que queria conhecer outros surdos, Louise?" Gaguejei, tudo se resumiu a gotas de saliva imperceptíveis mas que me deixaram travada, a observar uma gotinha fina e cintilante que caíra no canto da mesa, como uma versão minha em miniatura vista do cosmos.

O fonoaudiólogo nos acompanhou até a saída, despedindo-se bastante animado.

Foi então que nos olhamos. Os olhares fugiam dos nossos olhos, das nossas bocas, das nossas mãos, viramos a cabeça procurando pontos de fuga, mas a rua adiante exigia que nos concentrássemos em uma direção. Parecia que tudo estava pesado, como se estivéssemos atolados em uma mata virgem. Não sei qual de nós tomou a iniciativa de seguir na direção de um café para "nos conhecermos melhor", embora àquela altura já estivéssemos aprofundando nossas estratégias de afastamento. Sentados em uma mesa redonda do café, não podíamos mais esconder que estávamos juntos, cada um fechado em sua cápsula de vidro. O início do diálogo foi pontuado por hein?, quê?, ouvidos alertas e alguns sorrisos cúmplices, pois tivemos a sensação de que imitávamos um ao outro. O garçom, surpreso com nossa pantomima, nos trouxe os cafés evitando fórmulas usuais da linguagem, e estávamos tão concentrados em antecipar algumas perguntas fantasmas que começamos uma luta de formalidades absurdas: obrigada, de nada, sem problema, está bem. O garçom saiu de perto e acabamos rindo um pouco. Finalmente, conseguimos olhar um nos olhos do outro.

Ele tinha olhos escuros como os meus, a íris se confundia com a pupila, de modo que os movimentos em direção aos meus lábios eram discretos, embora intensos. No entanto, antes, fui eu quem lhe tinha oferecido meus olhos, procurando pontos de convergência em seus lábios, convencida de que nossa vida tinha sido marcada pelas mesmas emoções e de que seríamos dois grandes jogadores de xadrez compartilhando nossas diferentes estratégias para não perder a partida.

Ele adorava viajar, enquanto eu detestava. Pude entender bem que "partir era como morrer um pouco". Questionei sobre o apreço dele pelo distante. Nunca soube ler lábios em inglês, todas as palavras eram engolidas.

Sempre as via desaparecer atrás da língua, absorvidas pela saliva como a espuma do mar aberto.

Não sei se o fluxo das palavras havia polido a voz dele, que sussurrava menos, ou se a fluência havia transformado sua linguagem, mas agora eu conseguia ouvir tudo o que me falava.

Sentia-se em seu lugar apenas quando estava viajando. Não entender fazia parte da condição de estrangeiro.

"Aqui só há irritação e desconfiança."

Concordei em silêncio.

Depois me perguntou se eu morava sozinha. "Não completamente", respondi, "tenho um soldado e um cachorro e, não faz muito tempo, acho que tem outro alguém."

Seu olhar pousou em minha barriga.

Eu ri do seu engano.

E disse: "Sou habitada".

Nos despedimos avaliando nossas diferenças. Ele fazia parte de uma associação de surdos bilaterais aparelhados patrocinados pela marca Atavix — comunidade que, segundo ele, reunia pessoas do mundo todo. Eu só tinha pertencido ao clube de crianças cardíacas, e apenas para empurrar a cadeira de rodas de um amor de infância no caminho pedregoso do Bois de Vincennes.

Conhecer um surdo não me trouxe nada além de uma diferença a mais. Havia tantas dessemelhanças entre mim e ele quanto uma andorinha de bigode e uma andorinha preta. Tantas técnicas diferentes para construir significado.

Eu me sentia um saco de ossos agitado pelo vento, beliscando sozinha as articulações que me seguravam de pé, quando vi a brasa de um cigarro no pátio do meu prédio, seguida da sombra de uma cabeça baixa, de costas curvadas, como um equilibrista atravessando um abismo com uma carga volumosa e malcheirosa, um saco de lixo enorme nas costas: era meu amigo-vizinho.

Ele parecia não ter me reconhecido, então, me coloquei diante dele e do saco de lixo que tinha visto em suas costas. "Olá." Ele não disse nada e eu não o reconheci totalmente, suas feições ainda estavam ali, mas seu rosto não mais, não acompanhava nem seus olhos, nem seu nariz, nem sua boca. Era como se eu estivesse olhando para um iogurte, via a marca da colher e nada mais. Deixei-o rapidamente com a impressão de que a carga volumosa e malcheirosa andava atrás de mim e que macaquinhos agitados saíam gritando de lá para me insultar.

A espiral das escadas aspirou tal imagem resplandecente, fechei logo a porta. No meio da sala, o soldado e o cachorro estavam acompanhados da mulher do herbário, ela se apresentou como botanista. Sentei no sofá e escutei sua voz aguda, clara e sonora: "Ele só pode crescer em áreas esquecidas, lugares inexistentes ou não cartografados".

Eu a interrompi: "Do que você está falando?".

"Do *pensamento vagus*", respondeu a botanista antes de prosseguir, "sua estrutura clorofilada se deteriora fora do ambiente selvagem. Até agora, não foi possível estudá-lo fora dos terrenos escuros que constituem seu biótopo. Desenvolve-se apenas em terras abandonadas, ricas em antimatéria, nas crateras dos cometas, em certas zonas de conflitos ancestrais ou até nas falhas cartográficas."

# 43

ACABEI DE RECEBER O RESULTADO do teste genético que fazia parte do protocolo para saber se eu estava apta a receber o implante.

Não deu nada.

Nenhuma doença.

Nenhuma explicação sobre a surdez nem sobre a perda de audição.

Zero explicações para a falha que fez com que tudo parasse de funcionar.

Tudo permaneceu vago.

# 44

NA PREFEITURA, EU LIA ARTIGOS que diziam respeito aos arquivos. Ninguém tinha me obrigado, mas desenvolvi um fascínio pelo inventário dos mortos reconhecidos ao final da Primeira Guerra. Eu percorria aquelas colunas como se minha vida dependesse daquilo.

Eu também tinha lido o texto intitulado: "O passado nos escapa".

Segundo o autor, as tentativas de desenvolver arquivos digitais não resolviam nada, pois o passado nos escapa e o futuro será ainda mais difícil de gravar e de armazenar. A fragilidade dos suportes e a duração extremamente curta deles faziam com que adentrássemos ainda mais no esquecimento.

Eu corria o risco de ver se apagar dos meus ouvidos tudo o que não conseguia escrever diariamente no meu herbário sonoro.

Ao entrar em casa, entreguei solenemente as páginas do herbário para a botanista, colocando-as como uma oferenda aos seus pés, realizando um rito animista complexo, em que as folhas sobre as quais eu havia anotado os ruídos cotidianos se encarnariam nela para depois voltarem para mim.

Ela acolheu o rito e me garantiu que manteria o herbário sonoro ao lado de suas plantas miraginárias.*
A tempestade começou a rugir.

Apartamento
Nome latino: *Tempestas*
Nome usual: tempestade
Latitude: 48.866667
Longitude: 2.333333
Calota polar sobre fogo.

---

* Tradução literal de *miraginaire*, neologismo francês criado pelo psicanalista Jacques Lacan, formado pela junção dos termos *mirage* e *imaginaire*. (N.E.)

# 45

LEMBREI QUE FOI A TEMPESTADE que destruiu minha infância.

Foi ela que me trouxe a ideia de finitude. A dolorosa sensação de que algo nunca mais seria como antes, de que algo poderia acontecer e destruir o modelo de mundo, transformar a tarde de verão cheia de gritos de crianças, de ramos de grama colados aos cílios, na noite mais escura e solitária, tremendo sobre uma cadeira de madeira inanimada, observando as sombras comerem o ramo das árvores, o riacho e os telhados das casas.

Percebi que, quando havia uma tempestade, os adultos já não eram mais adultos, mas sim bonecas sem vida, mutiladas, desfiguradas. A tempestade tinha lhes distorcido o rosto, torcido a boca, deixado suas obturações visíveis, revirado os olhos deles para detrás das pálpebras.

O trovão era a palavra que tinham pronunciado para designar aquela deflagração de todos os elementos do cosmos, mas naquele primeiro dia de morte da minha infância eu me perguntei: quem pode me dizer se o que está acontecendo é verdade? Que a palavra e a coisa se correspondem? Como eu poderia saber, já que nunca tinha sido avisada de que um dia, em algum momento, haveria uma tempestade e nada seria como antes, os raios do sol mofariam em poças geladas. Eles não me disseram nada, não me avisaram que eu estaria sozinha gritando à noite, em plena luz do dia, diante das caras carcomidas, cheias de cicatrizes, com cabelos molhados; que a infância se quebraria na indiferença geral.

E ele.

Ele tem os olhos cinzentos das noites de trovoada, daquele cinza em que eu também, percebi, podia me perder.

# 46

EU SÓ QUERIA DESENHAR IMAGENS no fundo de uma caverna para descrever meu amor por ele: era icônico.

# 47

UMA LONGA AVALANCHE em câmara lenta cobria minhas marcações, o monstro escondido no fundo do meu ouvido se alimentava cada vez mais de palavras. Só no banho eu ouvia a voz de Thomas, nos sussurros que ele lançava aos meus ouvidos. Na banheira, encostava minha orelha na superfície da água e ele, do outro lado, a boca. A reverberação do som e as vibrações ecoavam em meu tímpano quase morto. Era estranho, sua voz cristalina e barulhenta como o vento tinha o contorno da memória. A voz era sombria, pontilhada por algumas bolhas de água. Eu me sentia como uma estalagmite presa nas redes do tempo. Eu respondia, ele recomeçava e nós nos comunicávamos por vias navegáveis. Mergulhávamos nosso corpo no silêncio, apenas as vibrações nos envolviam. Naquele momento, eu era a voz de Thomas e ele era a minha voz, e eu tinha a sensação de que nada desapareceria.

Costumávamos brincar de sussurros, meu ouvido colado na boca dele. Mal os lábios se afastavam, o som se cortava. Um jogo de espaço e de caixa de som, a respiração na orelha se condensava e se tornava úmida, a voz de Thomas escoava em meus ouvidos. Eu gostava da brincadeira de formar uma nuvem no céu sombrio do meu ouvido.

O corpo nos levava de volta a terras férteis, sem a necessidade de semear palavras entre nós.

O silêncio tinha muito mais a nos dizer, nos fazia crescer.

## 48

MAS QUANDO O SILÊNCIO ameaçava me expulsar de novo da realidade, voltava a ser um inimigo a combater — não sei o que fazia o soldado, "estava em missão", me dissera da última vez, eu precisava me virar sozinha — e esse combate tinha um nome: Implante.

Revirei essa palavra em todos os sentidos:

Implante
Um plano
Uma planta

Thomas gostava de "uma planta". Gostava da ideia de que uma semente tecnológica ia florescer no meu cérebro e me levaria para a luz, como um girassol transgênico. Thomas era progressista. Não tinha medo.

Mas Thomas não era eu.

# 49

ANNA ME DIZIA: "O implante é uma máquina de guerra capitalista. Quem tem interesse em melhorar o homem? Os militares! Louise, você não quer ser uma guerreira com super-habilidades fisiológicas e cognitivas?".

Não, eu respondia, claro que não.

Ela me falava de nanorrobôs conectados a neurônios biológicos que controlavam as emoções, "isso é o que podem colocar no seu implante em breve, eles também podem conectar você e baixar todo o seu conhecimento. Vão poder entrar na sua intimidade, o que apaga a linha entre não humano e humano. No fundo, vão te pedir o mesmo que a uma máquina: ser ajustável, poderem desligar, poderem ligar".

Anna estava certa. Eu era bioeticamente responsável por mim mesma. Precisava pensar na minha ética pessoal.

Meus dias eram interrompidos por artigos que Anna me enviava sobre projetos de alta tecnologia. Textos sobre implantes inseridos no cérebro por um robô neurocirurgião me congelavam. Aquilo permitia controlar smartphones e computadores. Eu respondi que ela estava enganada, que era para pessoas com deficiência motora, que não tinha nada a ver. É você que não entende nada, você tem uma deficiência e isso, para "eles", não muda nada. Anna estava virando uma teórica da conspiração, era contra qualquer coisa nova proposta pelo mundo. Ela insistia muito que os criadores das evoluções tecnológicas eram, antes de tudo, fãs de ficção científica e que, com o implante, era esse universo que seria inserido em minha pele.

Rapidamente, eles me transformariam numa interface direta entre aplicativos hiperlucrativos e o meu cérebro. Estariam muito perto de gravar meus pensamentos, salvar meu estado mental ou pedir um Uber. Se me achassem desinteressante e improdutiva, também poderiam me transformar totalmente, transferindo outra pessoa para minha psiquê.

STOP.

Eu me imaginei caminhando no frio, depois de uma noite na casa de Anna. Vi surgir um Uber solicitado e já pago pelo implante, mal aflorando a música da impaciência para estar em algum lugar aquecido.

Outro cenário começou a assombrar as minhas noites: ser outra pessoa.

Certa manhã, uma estranha ocupava minha cama e ela era eu. No meu sonho, Thomas ignorava a metamorfose, continuava a me chamar de "Louise". Eu tinha então o sentimento de traí-lo, de ter cometido adultério com aquela outra mulher que era eu, de nome modificado, distorcido, de consonâncias estrangeiras. Minha garganta estava atada, e ao final eu cuspia um pedaço de orelha cheia de baba.

Muitas vezes acordava com a sensação de garganta irritada, arranhada pela realidade, como se tivesse gritado à noite sem nunca ter sido ouvida.

## 50

A BORDA DOS NOSSOS PRATOS ficou cercada por manchas de molho, migalhas e gotas de vinho. Sempre fui a melhor em deixar os restos de tudo na mesa, enquanto para Thomas tudo era linear, a refeição pousava perfeitamente no estômago, sem desvios, quando eu sempre perdia algo pelo caminho.

Anna varria as migalhas com a mão, misturando os restos para que o café da manhã, o almoço e o jantar compusessem apenas uma linha, e o círculo ficava cada vez maior conforme a taxa de álcool no sangue dela aumentava. E, naquela noite, o círculo envolveu quase todos nós.

Muitas vezes Anna e Thomas não concordavam com algo, ambos faziam apartes e tentavam me explicar o porquê da discussão. Não importava a temática, os pontos de vista sempre divergiam.

Para Anna, naquela noite, a discussão foi sobre *transmedia*, enquanto para Thomas o debate dizia respeito aos algoritmos trazerem contribuições fundamentais para a pesquisa, mas nós sermos incapazes de traçar seus caminhos.

Fiquei em silêncio para não complicar ainda mais a discussão.

Até que um barulho chamou nossa atenção: um copo caíra no chão. Eu vi a mão calejada com unhas pretas surgir na mesa, e um som com a boca me fez pensar em um palavrão. Anna estava olhando na mesma direção que eu, enquanto Thomas tinha ido para a cozinha recolher os cacos. Vi os cachos do soldado levantando da mesa, ele estava sentado no chão. Anna riu e, como de costume, começou a cantar. Então a voz rouca do soldado se juntou à dela. Entrei em pânico, Thomas estava voltando, o que eu diria a ele? Achei melhor ir para a cozinha, à espera de que a música acabasse logo, porque assim o soldado com certeza iria embora.

Na cozinha, falei alto para captar toda a atenção dele, coisas estúpidas como se fosse uma canção, coisas estúpidas como "Você me faz ser firme", para tentar encobrir a cena da sala. Thomas não era bobo, mas gostei que ele tenha se contido por eu estar confusa, e que o amor que eu sentia por ele tenha escorregado desajeitadamente dos meus lábios para contê-lo.

Quando voltamos, a mão tinha desaparecido da mesa e Anna cantarolava uma canção de caubói, passando o dedo em seu copo.

Eu estava mais tranquila, o joelho de Thomas contra minha perna sob a mesa, mas os olhos de Anna estavam cobertos de uma emoção inquietante.

"Você já contou para o Thomas?"

"Contar o quê?"

Olhei para Anna, suplicando que parasse.

"Bem", ela disse passando o dedo sobre o copo lascado, inclinando sua cabeça e seu cabelo oleoso, "do homem que está na sua vida?"

Anna estava entediada e queria causar confusão. Sua natureza melancólica desejava que meu desejo de estabilidade desaparecesse. Thomas sorria, sem dúvida imaginava que Anna queria me obrigar a dizer palavras que eu odiava, como "amor", essas conchas vazias.

Os lábios de Anna se abriram para o *l*, revelando sua língua, que tentava arrancar as migalhas presas entre os dentes. As frases dela estavam cheias de vogais extremas, e lhe marcavam o rosto com várias rugas, como se a boca fosse o ponto de impacto do ricochete na água e a face se ampliasse com os círculos. A boca de Thomas se arredondava de espanto, e o canto dos seus lábios se tencionava, mostrando covinhas, sinal de que desaprovava o raciocínio de Anna, cujos lábios volúveis se tingiam de tanino do vinho tinto. Cortei o som, desliguei o aparelho auditivo, mergulhei no vazio e olhei para o círculo de migalhas de Anna a nos aprisionar.

## 51

NO CAMINHO DE VOLTA, Thomas não disse nada. Ou melhor, se disse alguma coisa, não ouvi nada. Via a sombra do meu cão, o olho zarolho no meu calcanhar, a uivar noite adentro. As missões do soldado tinham alguma coisa a ver com Anna? Por que tudo me escapava? Eu precisava de explicações, mesmo que não conseguisse dar explicações a Thomas, convencida de que era necessário proteger sua sanidade e de que ele não compreenderia quão louca eu estava. O cachorro se arrastava atrás de nós e percebi que havia algo diferente, o seu ritmo tinha mudado. A pelagem não era a mesma, os pelos pareciam ter engrossado, como uma ovelha não tosquiada por muito tempo. Mesmo a cicatriz desaparecera sob os pelos escuros, o olho defeituoso se apagava sob a cortina marrom.

Quando chegamos em casa, Thomas disse que achava que Anna psicologizava demais a existência.

"Essa história de soldado, por exemplo", ele disse, e meu coração começou a bater, "ela realmente acha que você está em guerra, que está cercada."

Fiquei aliviada e aterrorizada por ele não ter acreditado em Anna, por não acreditar que aquilo fosse possível.

Tive vontade de latir à noite.

"O que você pensa disso?", Thomas me perguntou.

Eu pensava naquela bola de pelo que não parava de crescer, e pensava no que aconteceria se não fizesse nada.

Mas respondi: "A mesma coisa que você".

Thomas olhou para mim com um ar travesso, e me estendeu os lábios. Apertei os meus contra os dele. Ele tentava abrir meus lábios com a língua, enquanto eu pensava nas nuvens, no nome delas. Na infância, eu tinha aprendido de cor para fugir da televisão sempre ligada à noite.

"Cirrus!"

Como num clarão, o nome do animal zarolho surgiu. Saiu da minha boca e, com ele, a língua de Thomas. Cirrus era o nome de uma nuvem de cabelos longos. Corri para pegar a bola preta escondida debaixo da mesa da cozinha: "Cirrus! Cirrus!", procurando com as mãos na massa escura para sacudi-lo, "Cirrus", e senti sob os meus dedos algo que parecia uma cartilagem, cartilagem em movimento. Deviam ser as orelhas.

Abaixei-me e sussurrei de perto: "Cirrus, eu não te esqueci".

## 52

DURANTE A NOITE DE INSÔNIA, preocupada com os pelos de Cirrus, os arroubos do soldado e a possibilidade de meus ouvidos darem o fora, deixei Thomas dormindo para me juntar ao soldado na cozinha. A fim de me acalmar, jogamos pedra, papel e tesoura até o amanhecer. Eu queria perguntar sobre a relação dele com Anna.

Gentilmente, as nuvens Cumulus cor-de-rosa cobriram nossas mãos. A alvorada atraía o canto dos nossos olhos. O soldado parecia um réptil de olhar cansado, boca cerrada e narinas vermelhas pela cocaína.

Cirrus, debaixo da mesa, não se parecia com mais nada, os pelos nasciam a olho nu. Por mais que cortasse, tudo crescia outra vez, e ele se coçava.

Então, de súbito, Thomas veio beber água.

Ele ficou por um momento na porta, encostado no batente, os olhos franzidos de sono, as bochechas riscadas pelas marcas do travesseiro, as cuecas esvoaçantes eletrizadas pelo ar fresco da cozinha, todo o corpo corroído pela noite e pela cama.

Ele não disse nada.

Diante da cena, seus olhos piscavam, seus sinais seguiam os da cidade com a chegada da manhã.

Ele ficou assim por mais um tempo, até que a luz mudou a cor da sala.

Falei um bom-dia desajeitado, expliquei a noite de insônia, que não estava sozinha. Não era preciso fazer apresentações, acrescentei em um tom que pudesse parecer tranquilo. Thomas não entendeu nada, manteve o rosto atordoado.

O soldado trocou olhares com a botanista, do corredor onde ela estava, com uma concha de ouriço-do-mar nas mãos. Ela voltou com uma tigela de pétalas, oferecendo a todos. O soldado pegou um punhado, derramou leite e comeu sua tigela, indiferente, enquanto a botanista fritava as suas pétalas no suco de bétula.

Thomas se sentou à mesa, os olhos vazios como gelo, como se uma orca tivesse passado com um pinguim carregado pela boca.

# 53

EU NÃO SABIA O QUE THOMAS tinha achado daquilo tudo, se ele realmente tinha visto o que acontecera no decorrer da manhã, mas todos se levantaram sem olhar uns para os outros até desaparecerem no dia. Da minha parte, tinha horário marcado para fazer o exame dos eletrodos.

Eu não sabia direito o que era, mas fazia parte do protocolo para saber se eu estava apta para um implante.

O exame foi feito no hospital. Reencontrei Babinski e o andar dos audiogramas onde o soldado aparecera pela primeira vez — aliás, quando piscou para mim de um jeito asqueroso com sua cara devastada.

No corredor de espera, os sons estavam todos abafados, como se tivessem percorrido vastas regiões áridas e hostis até chegarem exaustos, exangues, mirrados até mim. Eu só ouvia, no máximo, um deles e, mesmo assim, um rugido.

O hospital só se parecia com um hospital pelas imagens que se ofereciam ali, os jalecos brancos se cruzando pelos corredores verdes, as portas se abrindo e se fechando e os pacientes que, para não perder a razão, acordavam, levantavam-se, mancavam atrás dos jalecos e desapareciam num piscar de olhos.

Uma jovem que eu imaginava estar passando por uma recolocação profissional depois de uma carreira sombria em uma funerária, surgiu no corredor de espera dos pacientes e, interrompendo-a, acabei me levantando e dizendo meu nome. Felizmente, era a minha vez.

Ela me levou para uma sala que parecia de um documentário sobre a evolução da medicina e me pôs em uma cama rodeada de máquinas. Com gestos estranhos, a jovem residente pediu que eu removesse meu aparelho auditivo e colocou eletrodos no meu peito, atrás dos lóbulos das minhas orelhas e na testa.

Senti as correntes elétricas. Senti um calor, como se acendessem um fósforo na minha pele. Depois, ouvi assobios durante muito tempo. Lembrei dos choques elétricos que aplicavam nos feridos de guerra. Sob as pálpebras fechadas, vi o soldado apertando os dentes, os olhos fechados, o corpo tensionado como um arco.

O exame terminou, a jovem residente foi ver os resultados na tela e outra mulher mais velha se juntou a ela. Conversando entre si, vieram retirar os eletrodos. Pedi papel para limpar o gel que ela tinha aplicado em minha pele e que cheirava a queimado.

O que estavam queimando em mim? Memórias? Como nas histórias que Anna me contava? Estavam queimando a memória dos sons com os quais eu cresci, como bulbos necrosados, congelados no inverno? O que estavam queimando em mim?

Deixei de lado as minhas perguntas quando a mulher se virou na minha direção:

"Vamos precisar fazer o implante."

Diante do meu silêncio, ela repetiu: "Vamos precisar fazer o implante", com um sotaque forte, do Leste Europeu talvez, mas também poderia ser um sotaque do interior.

Perguntei qual era o resultado do exame.

Seus lábios forçaram os movimentos, ela formulou palavras simples: "Você está bastante surda.

Foi o que o exame mediu.

Seu audiograma, veja.

Ali, na tela."

Ela me mostrou os gráficos, como se fossem uma planície rochosa. O velho computador mostrava os resultados em várias janelas sobre um fundo preto com linhas em verde. Semelhantes às análises de satélites na Lua revelando pequenas crateras.

"Mas o que mais isso significa?", perguntei.

"Você é surda. É o que diz o aparelho."

Eu concordei, desapontada: "Mas disso eu já sei".

Enquanto ela guardava as análises de satélite do terreno lunar num envelope, me enfureci: duzentos anos de progresso técnico para me contar algo que eu sabia desde sempre.

# 54

EU ESTAVA COM MEDO. O implante era uma tecnologia fria e amarga — "Por que amarga?" — que ia suplantar uma parte de mim mesma, me impulsionando para outro mundo, outra vida que não era minha. — "Mas continuará sendo você, sempre."
O fonoaudiólogo me disse: "Com um implante, será *diferente*". Mas o que isso queria dizer?
*Diferente*.
Percebi que essa palavra estava por todo lado: em todos os cartazes publicitários, de papel higiênico a uísque, ela balizava o cotidiano, mas continuava sendo uma fonte de mistério.
Eu reconheceria a voz da minha mãe, a voz de Thomas, a voz de Anna, a minha voz?
A ideia de não reconhecer minha própria voz me deixou perplexa. Eu estava com um medo visceral de cair em um desdobramento. Imaginava me ouvir com uma voz estrangeira, habitada por uma outra, dividida por dentro, como se séculos tivessem passado na mesma rua sem que ali houvesse traços visíveis, palpáveis.
Eu estaria num cenário de ficção científica onde o mundo é idêntico e *diferente* ao mesmo tempo. Olharia para minha mãe

e me perguntaria se de fato era ela ou se seria uma máquina que eu deveria chamar de mãe. Imaginava me ouvir pronunciando "mãe" no futuro.

"Mas você vai ouvir."

Mas se eu não quiser ouvir desse jeito? Poderei rejeitar a mim mesma?

Não vou conseguir tirá-lo, pois meu ouvido estará recoberto de metal.

Não terei mais uma cóclea natural, haverá um corpo estranho.

Estarei em meio a um nevoeiro, tão denso como piche, e isso se chamará mundo.

"Você está exagerando."

Desliguei meu aparelho, minha mãe continuou a falar, desviei meus olhos de seus lábios.

E se funcionasse?

Será que eu gostaria de fazer algum esporte coletivo, ouvir quando gritarem "Olha a bola!", ir a bares jogar conversa fora, fazer carreira em marketing, atender o telefone com a facilidade de Cathy+, gerir equipes, participar de reuniões, assumir responsabilidades, ver filmes franceses.

Era impossível acreditar. Como se o implante fosse lobotomizar 25 anos de construção social, cimentando minha fratura identitária.

Eu não seria essencialmente outra. Não, eu não seria mais *performável* com um implante, então disse:

"Me deixa, não sou tão ruim assim."

"Mas, Louise, você está à beira da depressão."

# 55

MINHA MÃE ERA um poço de preocupação.

"Você reclama quando o dentista obtura suas cáries, mas não consegue entender por que me recuso a inserir um metal no meu ouvido", eu disse à minha mãe.

"Mas você não pode ficar assim, como vamos fazer se não pudermos falar com você?"

Eu a avistava no continente dos ouvintes, lamentando por me ver ir na direção dos surdos insulares.

"Você pode aprender a língua dos sinais", respondi para os seus olhos encharcados.

Acho que eu a provocava para me provocar também.

Minha família, Thomas, Anna, os colegas, o mundo inteiro permaneceria no continente. Eu abandonaria a matilha uivante, deixando-os em seu frenesi econômico-social, e navegaria sozinha a bordo de um barco que eu teria construído com minha coragem, e que flutuava graças à minha vontade; atravessaria as ondas movediças do silêncio, solitária como um Robinson Crusoé desertor da civilização, nua e armada com a minha tenacidade única, brandindo os meus pequenos músculos no escuro.

Eu me acostumaria, depois de noites e dias, a essa nova paisagem sem relevo. Sentiria os gostos, a luz seria mais bonita e tudo brilharia no silêncio, o mundo teria um brilho novo. Estaria finalmente pronta para atracar em terras surdas. Uma pequena comunidade de surdos insulares me acolheria, falaríamos a língua-flor.

"Louise, você não pode fazer isso comigo."

Ela levantou a voz alto o suficiente para que as palavras chegassem até mim.

Ela se virava de costas e se lamentava, afogando sua angústia em gestos mecânicos, como se, ao alisar as dobras da toalha de mesa, o mundo voltasse a ser aquele lugar amplo e confortável onde minha mãe podia se aconchegar.

Nos dedicamos à amargura do silêncio espesso da incompreensão, àquela floresta densa na qual nós duas nos perdíamos, curvadas em nossas preocupações.

# 56

"VOCÊ ESTÁ À BEIRA DA DEPRESSÃO." Essa frase da minha mãe me veio à cabeça enquanto Thomas refogava cebola na frigideira. Folheei meu herbário sonoro para encontrar o som de cebola picada no óleo e descobri:

> Apartamento
> Nome latino: *Cepe frixum*
> Nome usual: cebola frita
> Latitude: 48.866667
> Longitude: 2.333333
> Conferência de fanfarrões bêbados.

Com essa trilha sonora imaginária, descobri a sensação de estar envolta nos dias, nas horas, nos segundos, num espaço-tempo partilhado com os outros e chamado "o cotidiano". Eu imaginava esse passado esquecido a partir da minha ilha de silêncio, naquela flutuação onde o espaço era habitado apenas pelo vento.

Fechei os olhos e tudo desapareceu, as costas curvadas de Thomas, seu rosto coberto pelos cachos pretos e as cebolas.

Minha realidade se limitava à teia escura das minhas pálpebras, atravessadas por filamentos de luz.

A palavra "depressão" que minha mãe havia usado vinha carregada das imagens do meu vizinho, daquela silhueta escondida na noite e o saco preto de lixo cheio de macacos.

Eu o via pela minha janela. Por algumas semanas, ele quase nunca dormia ou dormia a qualquer hora, não era possível saber, e quando o encontrava no pátio ele se isolava atrás de uma sombria parede intransponível de sono.

De vez em quando, ele parecia ser atingido por um sobressalto que eu atribuía a uma espécie de medo de ter que atravessar regiões habitadas pela realidade.

Senti os pelos de Cirrus em minha panturrilha e vi a botanista pela porta da cozinha, ocupada com seu microscópio. Eu podia ver sua pele oleosa se cobrindo dia a dia de grandes manchas castanhas, cor de cortiça.

Thomas se sentou à minha frente e me perguntou com gestos ofensivos se eu estava cansada, e eu disse:

"Não posso? Não sou humana?"

Queria atacá-lo, jogar ácido pela janela, atirar nas nuvens com uma bazuca, lançar uma granada na floricultura, explodir o cachorro no micro-ondas.

Thomas se levantou bruscamente e foi para o banheiro.

O que ele estava fazendo enquanto eu corria perigo? Espreitei pela porta. Esperava vê-lo se olhar no espelho, desamparado, molhando o rosto para refletir sobre a situação, mas, não, Thomas estava de pé, limpando a pia.

Mão esquerda: pega o copo de água — mão direita: passa a esponja no sentido dos ponteiros do mundo — despeja o copo de desinfetante — umedece a esponja — limpa o ralo da pia — economia de gesto e de espaço — inclina o quadril para a frente: protege as costas.

Era tão incoerente, como se Thomas estivesse limpando um campo de batalha, repetindo os mantras de desenvolvimento pessoal em meio aos mortos.

Naquele momento, tive a confirmação de que Thomas me ajudaria a reencarnar em um objeto funcional e racional.

## 57

"NÃO EXISTE VERDADE, a realidade está em movimento, você precisa se adaptar a isso, Louise!"

Eu não gostava quando diziam o meu nome.

Thomas com explosões de "Louise" tentava me explicar que eu tinha de largar meu herbário sonoro. Ele estava convencido de que precisava me livrar dessa nostalgia. Estava farto de me ver procurar nos cadernos a realidade da existência, de me ver isolada no quarto para recompor os ambientes sonoros a partir de chamadas como: "tempestade" + "voz de Thomas" + "cebola frita" + "moto" + "toque de telefone".

Na luz fria da cozinha, ele me fez um longo discurso, com a boca bem aberta — eu quase podia contar seus dentes: trinta e um.

"Nem sabemos o que é a realidade. Se eu disser que este pedaço de janela é azul", Thomas apontou com o dedo a claraboia da cozinha e esperou que eu concordasse, "estou dizendo a verdade. Mas é uma verdade parcial, portanto, uma mentira."

"Pare", balancei a cabeça.

"Este pedaço de janela não está sozinho, está num edifício, numa cidade, numa paisagem."

"Pare", balancei a cabeça.

"Está rodeado pelo cinza das paredes de cimento, pelo azul do céu, pelas nuvens, por muitas outras coisas."

"Pare", balancei a cabeça.

"E se eu não disser tudo, absolutamente tudo, estou mentindo. Mas dizer tudo é impossível, mesmo no caso desta janela, deste fragmento de realidade física."

"Pare", balancei a cabeça. Mas o que ele queria dizer? Meu medidor de concentração começou a cair drasticamente.

"A realidade é ilimitada e, se esqueço de uma coisa, estou mentindo."

"Pare", balancei a cabeça.

"A realidade muda o tempo todo para os seres humanos."

"Sim", eu disse.

"Já não somos o que éramos minutos antes."

Eu revia minha frustração, minha raiva anterior e, de fato, já não era a mesma.

Seus olhos cinzentos como tempestade se arregalaram, seus braços formaram um arco sobre mim, seus dedos se abriram. Com esses gestos, tive a impressão de que as palavras seguintes seriam um grito:

"Esqueça a forma como ouvia antes, a realidade é o que você vai ouvir com o implante!"

## 58

EU PRECISAVA ACREDITAR que tinha escolha.

Primeiro eu queria conhecer os surdos, como eles eram, se poderia me juntar a eles em vez de fazer o implante.

Fui a uma aula de linguagem de sinais com um professor surdo numa associação.

O professor era surdo profundo, não podíamos usar a boca, apenas as mãos e as expressões faciais. O começo foi muito desajeitado, os dedos se colavam, os gestos eram lentos, era preciso repetir várias vezes. Parecíamos crianças tristes e frustradas, talvez até um pouco estúpidas, insistindo em lugares-comuns, sem imaginação, para transpor a ideia em sinais.

De repente, uma cadeira caiu, o professor e eu viramos ao mesmo tempo, um segundo depois dos outros quatro alunos ouvintes. Aquele pequeno acontecimento me fez perceber que tínhamos a mesma bagagem acústica.

"Sem o meu aparelho, ouço como você", disse para o professor, acenando como podia.

"Talvez", ele respondeu, "mas você ouve, estudou para ouvir. Eu sou surdo, uso os sinais desde a infância, nós nunca seremos iguais."

Na verdade, o nosso diálogo foi mais ou menos assim:

"Se não aparelho, eu igual você escuto", e ele: "Talvez, mas você ouvinte, você falar, eu surdo. Diferente. Por quê? Sua escola ouvinte, eu escola surda. Eu sinais criança".

O jeito como ele fazia o sinal "diferente", forçando o toque de um dedo no outro, destacando o gesto das aspas com seu dedo indicador direito e encolhendo os ombros, me fazia sentir certo desprezo em relação a mim mesma. Eu me sentia bem por pertencermos a mundos diferentes: ele, ao dos surdos sinalizados, e eu ao dos surdos "oralizados que falam".

Para ele, eu era uma renegada.

Ainda assim tentei explicar que ficaria *totalmente* surda, muito mais do que ele, mas meu argumento parecia só aumentar seu orgulho de casta. Ele detestava os recém-chegados ou aqueles que tentavam acessar sua comunidade no final da vida. Eu não tinha crescido com uma língua proibida, fui forçada a me "oralizar", e o que vivemos na infância nos marca para sempre.

Os surdos zombavam, aliás, dos "oralizados que falam" fazendo caretas de macaco. Nossos lábios sem graça não tinham tanto alcance, enquanto seus sinais ostentavam uma vastidão de imagens.

A criatividade da língua de sinais, a percepção do corpo e do espaço se opunham às restrições da língua francesa. Em suas narrativas, livres de uma gramática rígida, com marcadores temporais simples, a história, os personagens, suas características e comentários explodiam sob os olhos com um virtuosismo que nos fazia sentir desajeitados. Tomamos consciência do nosso rosto fechado, do nosso corpo sobrecarregado por anos de linguagem oral. Estávamos tão convencidos que difamamos ali mesmo a miséria dos lábios e das vocalizações, o peso da frase.

O professor nos propôs uma brincadeira na qual enfrentávamos uma tempestade em pleno mar; para sobreviver precisávamos escolher alguém para atirar na água: todos mantiveram um surdo a bordo, porque em meio à ondulação e ao vento, apenas a língua de sinais e o olho afiado nos pareciam necessários.

"Você não soube escolher bem o seu lado", disse o professor rindo.

O sinal "escolher" imitava algo que se tirava ao acaso e expressava perfeitamente o sentimento de que uma mão invisível tinha me tirado do indefinido para mostrar onde eu estava hoje: no mundo dos ouvintes.

"Mas eu não tive escolha", tentei convencê-lo.

Essa mão da palavra "escolher" era a de várias gerações que tinham desejado a adaptação de cada um dos indivíduos à norma, e a norma era a língua francesa. "No princípio era o verbo" havia marcado os "oralizados", as "bocas que falam", os corpos imóveis e os rostos impassíveis, daí as horas de esforço na terapia da fala para ler os lábios e reconhecer as palavras de ouvido, afinar a escuta, horas polindo a voz para parecer normal, horas aprendendo vocabulário, horas sendo impecável na gramática, tudo isso servia para eu não me fechar em uma categoria à qual não pertencia, "os surdos". E para parecer alguém que eu não era.

"Você se moldou com 'eles'", acrescentou o professor.

No entanto, não me sentia pertencente ao mundo dos ouvintes.

Ele fez outro gesto, a palma da mão encostada na testa, estralando o dedo indicador e o dedo médio: eu estava aprendendo a palavra "negação" na língua dos sinais. Eu tinha expulsado da minha consciência a surda que escondia no fundo de mim mesma com um olhar envergonhado.

Enquanto eu refletia, surgiu um debate na sala: os professores surdos nos convidaram a participar da manifestação contra a prática generalizada de implante. O governo tinha estabelecido um sistema de tratamento completo de implante — que custava muito caro — em bebês, e os surdos viam isso como uma ameaça à cultura surda, como o reforço de uma política opressora.

A minha questão com o implante piorou. Onde eu me encaixaria? Quem eu seria? A ideia do meu próprio eu se estendia, se metamorfoseava, o *algo* que eu era naquele momento se reduzia ao meu estado civil, ao que constava no documento de identidade:

Louise F., nascida em 21 de junho de 1990, em Champigny-sur-Marne, olhos: castanhos, altura: 1,63 m. Assinatura do prefeito Malbranche.

Esse era o único elemento estável desse *algo* que eu era.

## 59

DE VOLTA EM CASA, a botanista me apresentou sua descoberta mais recente: o narciso-espumoso.

A particularidade daquela planta miraginária era a ausência de sistema de floração. Foi invalidado por uma onda de tristeza.

"A espuma desempenha o mesmo papel de uma enzima e quebra as entidades endógenas do narciso. O narciso-espumoso é, por conseguinte, incapaz de se constituir como flor e de ocupar o ecossistema."

## 60

MINHA MÃE ME CONVIDOU para jantar. Sempre que ela cozinhava, fechava a cara. Quando era criança, eu achava que ela usava uma máscara secreta.

Por conta dessa cara brava, percebi que tinha de me concentrar muito para ler o que dizia. Odiava ficar refém de frases importantes. Se não quisesse que seus olhos se enchessem de lágrimas, precisava usar todos os meus recursos para evitar que ela precisasse repetir algo. Quando minha mãe vestia essa cara, era um aviso terrível e minha surdez tinha de ser controlada.

Me posicionei na frente dela, bem no meio do rosto assimétrico. Dava para ver suas narinas inchando de emoção. Minha mãe franziu a testa novamente, sinal de que as palavras iam sair. A cozinha era o receptáculo de sua frase importante, e até a poeira estagnada no ar absorvia a luz, como vaga-lumes iluminando seus lábios. Todos os meus órgãos estavam suspensos pelo que ela ia dizer. O lábio superior se levantou, as narinas se juntaram para inspirar.

"Você não deve..." — os lábios dela formaram um bico, com certeza havia uma série de *m* ou *em* e, pela forma como a língua bateu golpeando em seco seus dentes, havia consoantes do tipo *t* ou *d*, e então os lábios tremeram de emoção, alterando a formação clara das palavras, mas consegui reconhecer o termo: "nunca" — "fazer o implante".

A palavra "implante" em três tempos, primeira sílaba, pequena inspiração espasmódica, choque dos lábios no *p* e vislumbres da parte de trás da língua, nervura azul, e expiração rápida na terceira sílaba. Eu a lia em todos os lugares, o tempo todo, e ela me dava medo. Foi como se tal palavra desencadeasse uma cascata congelada em minha nuca e continuasse fluindo veloz entre os meus pensamentos.

Minha mãe me olhou nos olhos e esperou pela minha reação, ofegante, os dedos mexendo no cabelo, agitando o colar, tecendo a tensão entre ela, a frase e eu.

"Você não deve fazer o implante, nunca."

Ela era uma pessoa horrível e egoísta, cheia de regras contraditórias, alguém que nunca havia ultrapassado a fase em que a criança existe apenas como uma extensão da mãe. Tudo o que me acontecia punha em risco a harmonia dessa nossa ligação. Era exatamente isso o que eu pensava e que não podia dizer diante daqueles olhos interrogadores e dos lábios fechados.

Claro que vou ser implantada. Vou ser sua filha implantada, com uma antena acoplada na cabeça, uma humanoide.

"Mas é claro, mãe, que vou fazer o implante!", soltei. As palavras pularam da minha garganta. Estavam me magoando e saíram, tremidas, assustadas.

Minha mãe suspendeu todos os movimentos. Os braços se assemelhavam às patas dianteiras de um louva-a-deus, o rosto emoldurado como numa foto três por quatro, o olho preto direito me olhava enquanto o outro, vesgo, fixo na ponta do nariz, procurava discernir melhor os contornos da situação.

Fiz um movimento, não sei qual, mas deixei a cadeira cair,

minha confusão desarticulava meus membros. Abri a boca. Ela explodiu em minha direção.

"Louise, você não entende!"

Aquilo foi fácil de entender e bem estúpido de dizer.

Ela agarrou meu pulso, colocou-se diante de mim e repetiu, me fazendo perceber que aguardava minha resposta. Eu sentia a pressão de sua mão em meu braço e nós duas tremíamos, eu me sentia tão frágil e a sentia tão desarmada.

"Eu disse."

"Você disse."

"Você devia."

"Eu devia."

"Conhecer."

"Conhecer."

Minha mãe assentiu.

"Pessoas."

"... implantadas."

Completei a frase e dei um fim.

Olhamos uma para a outra, aliviadas.

## 61

MINHAS FORÇAS ERAM ESMAGADAS em todos os mal-entendidos. Cada palavra incompreendida se tornava uma injustiça a mais. Eu podia esticar o pescoço, fixar o olhar nos lábios, escancarar as pálpebras, polir o lexicógrafo interno, manter a confiança e repetir a mim mesma: "você vai conseguir essa frase", o fracasso invadia minha existência.

O mundo era muito agitado, cabeças e mãos se moviam constantemente, embaralhando a leitura dos lábios.

E, sobretudo, havia o fim do dia.

O que eu mais odiava.

Com ele, a nitidez do rosto se desvanecia, o mundo se tornava bidimensional, e as pessoas continuavam a falar e a se exaltar no entardecer.

A luz era minha aliada, ela me permitia compreender as sutilezas dos movimentos dos lábios e da língua; na penumbra, todo o relevo das palavras se perdia, restava apenas a carcaça grosseira: as bocas abertas, as bocas fechadas, nada mais.

Já no meio da tarde, a apreensão tomava conta de mim. Eu lançava olhares inquietos para o céu e para a noite ameaçadora. Observava, em pânico, os humanos à minha volta e me sentia prisioneira da comunicação deles. Tentava me livrar de suas garras. Queria correr e voltar para casa, mas ainda tinha que esperar e sorrir educadamente para os colegas que também terminavam o dia, avançando tranquilamente em direção ao ônibus ou ao metrô.

No cair da tarde, com a satisfação do dia realizado, os colegas cantavam, se alegravam, contavam coisas, se interpelavam, e eu sentia as perguntas ricocheteando em meus ombros, os risos batendo nas minhas entranhas.

Eu tremia sob os olhares consternados ou indiferentes. Às vezes, forçada a participar da alegria supostamente comunicativa deles, respondia qualquer coisa, falava de compota, bergamota, capota, exagerava a abertura dos lábios para rir junto, lançava um "É claro!" enquanto tudo ao redor escurecia.

Todos os dias, havia esse intervalo antes de as luzes da rua se acenderem, alguns longos minutos em que as lâmpadas frias tremiam, acendiam uma a uma antes de iluminar as partes das frases que eu conseguia captar se ainda tivesse forças para reconfigurar o quebra-cabeça.

"Não esqueça, Louise, o pão!"

"Não esqueça, Louise, do mamão!"

"Não se esqueça, Louise, do pulmão!"

Mas também podia ser:

"Não esqueça, Louise, a audição!"

Hesitei entre: "Combinado!", "Não se preocupe!" ou o eterno "Quê?", mas não queria mais pronunciá-lo.

Já havia dito bastante.

De qualquer forma, eles tinham ido embora.

## 62

DEPOIS DO AUDIOGRAMA do teste auditivo, eu ainda precisava ir ao edifício Babinski para uma entrevista sobre a avaliação pré-implante. No metrô, as vozes se partiam contra a minha pele. Meus pelos se arrepiavam ao ver os lábios mexendo e se transformavam em um arbusto espinhoso quando sentia as respirações percorrerem meus antebraços e meu rosto.

Costumava associar os humanos às tempestades de areia. As ruas da cidade eram como um vale da morte e eu me movia como um corpo-escudo para evitar os hálitos quentes e suas rajadas sonoras.

As bocas se transformavam em pequenos monstros móveis cujos membros eram compostos da língua, a cabeça mais ou menos pontiaguda, mais ou menos rosada, do véu palatino — espécie de cabeleira ondulada que raramente se via —, e da úvula, um cérebro suspenso, em carne viva, que às vezes treme sob os golpes das vogais extremas: *i*, *u*, *a*.

No corredor de espera para a entrevista, quando vi a tensão no canto dos lábios para os *i* e os risos forçados que acompanham o movimento, imaginei sua extensão aguda. A consoante que acompanhava o *i* fazia com que os lábios estalassem como címbalos ou, ao contrário, amarrotava as múltiplas dobras verticais, estriando ainda mais essa área tão peculiar da boca.

Depois de esperar muito tempo no corredor, desenvolvi uma teoria sobre a relação entre a superfície dos lábios e a forma dos dentes. Eu tinha notado que os lábios lisos e vermelhos sugeriam dentes "ofensivos", afiados ou com serras bem aparentes, enquanto os lábios aveludados, cobertos com uma leve penugem, mostravam dentes "suaves", arredondados, de esmalte brilhante. A segunda parte da minha teoria se baseava no que eu imaginava ser uma lei geral desde os tempos pré-históricos: para sobreviver, é importante sempre fingir ser o que não somos. A vulnerabilidade dos lábios desprotegidos, à flor da pele, escondia a ferocidade dos dentes, enquanto os lábios carnudos, protegidos pela penugem, mascaravam dentes de aparência frágil. Os seres humanos estavam cheios de técnicas para seduzir uns aos outros e, de boca em boca, eu observava esse baile de máscaras.

Mas eu não podia evitá-las, as bocas estavam em toda parte.

Os lábios fechavam e eu me apavorava se abrissem.

Queria colar todas aquelas bocas.

Fugir de todas as dificuldades que me apresentavam.

Agora eu era a última no banco do corredor, quando um homem veio me buscar. Segui seus Crocs verdes.

Ele me perguntou se eu estava bem, se o exame pré-implante havia transcorrido sem problema.

Tinha uma voz timbrada, sonora e aguda. Seus lábios finos eram perfeitamente simétricos.

Ali, ler os lábios parecia uma partida de Tetris em câmera lenta.

Depois de se certificar de que eu o entendia bem, ele me explicou por que havia urgência no implante quando o paciente já dava sinais de surdez profunda.

"Os neurônios destinados à pré-audição vão se especializar em outros sentidos como a visão, o olfato ou o tato, é o que chamamos de plasticidade cerebral."

Imaginei meu cérebro como uma enorme descarga de neurônios reciclados.

Ele continuou, lentamente:

"A surdez ocorre quando as células ciliadas são danificadas e não estimulam os neurônios. Quando não são estimulados regularmente, os neurônios que costumam receber os sinais atrofiam e morrem."

Concordei com a cabeça: meu cérebro se transformou em um grande leprosário.

"Felizmente, mesmo no caso de perda auditiva total, e sobretudo se a perda for recente, alguns desses neurônios sobrevivem e permanecem conectados às áreas de recepção do núcleo coclear. Se a corrente elétrica dos eletrodos implantados conseguir desencadear potenciais de ação nos neurônios sobreviventes, a audição pode ser restaurada."

Eu era uma excelente candidata: meus neurônios auditivos estavam ativos, eu ainda era jovem.

Então ele me convidou para pensar muito seriamente sobre a solução do implante coclear.

A decisão era urgente.

Claro que eu podia fazer perguntas.

Mas eu não tinha nada a dizer.

Só tinha um único desejo: me isolar no topo do Himalaia com uma lata de atum.

# 63

NA INTERNET, OS TESTEMUNHOS dos futuros implantados relatavam um cansaço terrível que os atormentava na fase anterior à tomada de decisão.

Todos diziam ter chegado ao fundo do poço.

## 64

A LUZ ME CEGAVA. As paredes do pátio do edifício estavam ainda mais brancas por conta do frio e os olhos de Thomas ficavam mais escuros. A perspectiva de passar o dia tropeçando nas palavras enferrujou meus órgãos. Queria parar ali, que todos me esquecessem, a começar por mim mesma. A mão de Thomas me puxava como uma coleira até que os dois abrandassem o passo, como se um animal selvagem estivesse por perto.

O vizinho estava sentado no banco do pátio e deu para ver os macacos no cabelo dele. Os olhos em forma de veleiro encalharam em minha direção e senti a força da inércia me infectando. Não havia nada além da bigorna do olhar dele, nenhuma faísca. Thomas me tirou da estagnação, senti seus dedos deslizando em minha mão, seu pescoço enrijecendo. Ele andava na minha frente para fugir daquele quadro sombrio.

Eu o alcancei, ele me disse que sentiu algo de que não gostou. Ele viu os macacos loucos? Viu a inércia me dominar?

Eu estava com muito medo de ficar como o vizinho.

"Aconteceu alguma coisa?", Thomas perguntou.

Talvez ele tenha visto.

Prometi que nunca teria macacos em cima da minha cabeça.

Ele não entendeu.

# 65

PARA OS MEUS COLEGAS, minha presença era espectral. Meus contornos diluíam-se no espaço da prefeitura, ao mesmo tempo que se refletiam por detrás de um vidro de segurança sujo e turvo. Às vezes, alguns beijos se chocavam contra minha bochecha e me lembravam que este era o mundo onde eu realmente vivia.

Nunca imaginei o que viria a seguir.

Sem ser avisada, ao entrar na minha sala, vi uma pessoa de cabelos encaracolados instalada em uma mesa ao lado do meu computador. Eu estava parada na porta quando ela me viu e levantou uma mão desajeitada para me saudar.

Ela imediatamente voltou a fazer a triagem de uma pilha de certidões de óbito em pastas coloridas. Sentei em frente ao computador e vi que uma tropa de canetas coloridas estava espalhada sobre a mesa. O amarelo, o vermelho, o azul, o verde praguejavam no ambiente monocromático da sala de arquivos. Minha colega era uma bola de espelhos, tudo brilhava, das orelhas ao strass dos tênis. Ao lado dela, eu parecia uma estátua, petrificada.

Não encontrei nada melhor para fazer do que ligar o meu computador e ler um e-mail datado daquele mesmo dia que me comunicava uma mudança de posto "adaptada de acordo com as minhas necessidades". *Adaptada de acordo com as minhas necessidades*, como eles poderiam conhecer minhas necessidades se eu mesma não as conhecia? O meu cargo era bom, os mortos eram tão surdos quanto eu.

No final da manhã, a assistente de Recursos Humanos viria para me levar à nova sala. Atordoada, passei a última hora observando minha substituta e seus cachos balançando nas pastas rosas, azuis e verdes, suas canetas de glitter e sua cara pintada. Imaginei que ela estivesse tão motivada a levar os mortos para além dos arquivos quanto a salvar os golfinhos dos aquários.

Às onze horas, deixei o longo corredor para afundar ainda mais nas profundezas do subsolo em outra sala apertada. A assistente de Recursos Humanos me entregou um documento e foi embora. O papel explicava as tarefas do novo cargo. Agora, eu seria encarregada das "pessoas sem registo civil", todas aquelas que, por alguma razão, nunca tinham tido nome ou o tinham perdido. De certa forma, apátridas identitários.

Voltei a pensar naquele artigo da *Revista Anarquista de Neurociências* sobre o método "Zacchary Broch" e a estranha comunidade dos desenraizados de linguagem:

"Zacchary Broch nasceu em 1913, em Bucareste, de pais desconhecidos. Órfão e privado de língua materna, cresceu sujo e mudo. Em 1940, fugiu da deportação. Dez anos depois, foi encontrado em Paris, na rue Boyer, no 20º *arrondissement*, durante uma vernissagem de pintores apátridas. Ele foi notado por Louise Kahn, pesquisadora em biologia comportamental, ciência anterior à neurociência, que viu nele a própria demonstração de um 'desenraizado de linguagem'. Ela lhe dedicou uma nova escola de línguas para aqueles que não falavam, conhecida como método 'Zacchary Broch'. No programa: gaguejamento-difônico, consciência corporal, odor-calor, língua-contato. O objetivo era erradicar a noção de língua materna, proporcionando aos alunos a língua faltante. Mas o relativo sucesso de Zacchary Broch obrigou-o a ser naturalizado francês. Ele recusou qualquer noção de destino biológico e se jogou no Sena em 1961. Para homenageá-lo, os desenraizados de linguagem vagueiam até hoje, formando pequenas comunidades no mundo."

# 66

COMO O CARGO DE "PESSOAS sem registo civil" não demandava grande quantidade de dados para registrar, passei a trabalhar meio período.

E o pior é que eu não me importava. Esqueci de avisar Mathilde no almoço.

Quando dei a notícia a Thomas, ele ficou revoltado, seu rosto inchava como uma lona ao vento. Eu não estava ouvindo, apenas contemplava a raiva remodelando-lhe os traços. Ele aspirava o que restava em mim de raiva e de sentimento de injustiça.

A minha atitude indiferente o deixou ainda mais nervoso e ele insistiu que eu devia protestar contra aquilo. Tudo o que havia de letárgico em mim endureceu de repente. Meus olhos voltaram a ler o mundo, erguendo-se sobre o pescoço como uma espécie de minarete.

"É ilegal", ele repetia.

No dia seguinte, enviei uma carta aos Recursos Humanos para comunicar meu desacordo. Mas a única coisa que consegui foi um intérprete de linguagem de sinais para me acompanhar na cantina e nas reuniões bianuais.

Anna achava isso incrível e me contou que estava fazendo uma formação gratuita em língua de sinais. Eu mesma poderia ensiná-la; Thomas não disse mais nada, ele estava zangado por eu não ter reclamado desde o começo. Ele não se conformava com o fato de me tratarem como uma portadora de deficiência de segunda categoria.

# 67

EU TINHA ESCOLHA? "Sempre temos escolha", Anna diria. Mas Anna era ouvinte, embora também estivesse passando por um momento difícil. Ela via em mim a parceira ideal de exílio e sonhava em me transformar em uma eremita dos tempos modernos. Ela era tão doida quanto eu, até roubava meus fantasmas traumáticos. Como posso amadurecer com Anna?

Minha mãe se gabava por ter assinado a *Revista Anarquista de Neurociências* para mim, na qual havia até uma série especial sobre as tecnologias do futuro, explicando que um dia o implante seria capaz de gravar todas as conversas de uma vida, como uma caixa-preta em caso de acidente.

Thomas ficou animado por namorar um ser biônico, seguindo os passos do trans-humanismo.

Quanto aos meus colegas, vi na reação deles que agora eu era vista de fato como uma pessoa com deficiência, qualquer vestígio de suspeita ficara para trás, dando lugar a uma empatia inédita. Até mesmo a equipe das certidões de nascimento sorriu para mim no refeitório, Cathy+, que se tornara chefe da seção, tentou uma reconciliação no balcão do restaurante. Percebi que essa nova dimensão da deficiência validada, a "verdadeira" deficiência, tinha a virtude de tranquilizar as pessoas ao meu redor.

O soldado se drogava cada vez mais e pontuava todas as frases com "minha menina", olhos loucos, corpo magro. A botanista me apresentou seu achado mais recente, com Cirrus a seus pés, e escutei sua apresentação dos Olhos-pretos-à-fenda-tímida.

Segundo ela, aquela planta era a mais paradoxal da natureza. Fugia de si mesma, mantendo uma distância entre suas próprias volutas para que elas nunca se tocassem.

Esse fenômeno da "fenda tímida" tinha sido descoberto por pesquisadores, mas, até então, só havia sido observado em árvores. A natureza da trepadeira era girar sobre si mesma, seu crescimento dependia disso, mas, com o sintoma da fenda tímida, ela criava uma relação de estranheza com a própria rotação e, portanto, uma rejeição de si mesma.

E quanto a mim?

# 68

A *REVISTA ANARQUISTA DE NEUROCIÊNCIAS* publicou um dossiê inteiro sobre os desenraizados de linguagem. Um psicopediatra especializado em linguística e fonologia analisou gritos e sons inarticulados de um grupo de crianças com deficiência mental e chegou à conclusão de que todas dispunham do material sonoro das línguas — o *th* do inglês, o *r* forte do espanhol, o *r* gutural do árabe, o *ch* alemão.

O estudo demonstrava, assim, que todo ser humano tinha, na origem, o suficiente não só para articular todas as línguas existentes, mas também todas as línguas possíveis, e que, ao assimilar a língua materna, descartava os fonemas inutilizados.

A conclusão me deixou perplexa: nossa linguagem poderia ser ainda mais rica se não tivéssemos uma língua materna.

Então, eu sonhava com outras línguas possíveis para evitar pensar no implante. Talvez, se me tornasse totalmente surda, se me esquecesse da língua materna, seria capaz de recuperar esse capital linguístico universal?

## 69

ANNA ACABAVA de me dizer que preferia passar mais tempo com o soldado do que comigo e Thomas, confessou que éramos um casal margarina e que isso não a fazia sonhar. "Você se tornou tão materialista com essa história do implante." Ela dizia que eu tinha perdido minha poesia, que eu era tão maçante quanto o real.

"Você é realista demais", ela disse.

"Mas não se pode ser realista demais, Anna, a realidade é o que existe."

"Se pensamos apenas na realidade, ficamos deprimidos."

Fiquei brava por ela ter ficado desapontada. Eu tinha gastado tanta energia para alcançar os decibéis, retomar a compreensão do mundo, reduzir a opacidade do cotidiano com listas audiofônicas — caramelo, questão, canal, avental, refrão, soluço, rabanete, bilhete, fogão, preocupação, cumprimento —, tentando domar o medo do implante, que sua raiva me parecia injusta.

Anna não gostava do que se parecia com um final feliz. Ela queria que todo o meu corpo rejeitasse o implante e que eu fizesse uma viagem de carro, a máquina enferrujada em contato com o sal e o vento.

Revelou que ela e o soldado tinham as mesmas ideias.

"As mesmas ideias sobre o quê?", perguntei.

"Por exemplo, sobre o sucesso. Nós amamos aqueles que não tiveram sucesso, achamos que o sucesso é vulgar."

Preferi não responder, concluí que para conviver com Anna a surdez profunda era uma tábua de salvação.

"Ah, e como seria um país se todos fossem bem-sucedidos, hein, Louise? O fracasso de muitas pessoas salva a humanidade."

Deixei de ouvir, os meus olhos perderam o foco e me desliguei.

"Mas por que o soldado foge de mim?", perguntei. No fundo, era a única coisa que eu queria saber. A nossa amizade começava a mudar de rumo.

"Às vezes ele fica de saco cheio de procurar plantas *miraginárias*, é cansativo, é inútil, prefere a realidade."

Foi a resposta que Anna me deu.

# 70

QUANDO ABRI A PORTA do meu apartamento, pisei em pedaços de papel que cobriam o chão até metade da sala. Todas as folhas do meu herbário sonoro tinham sido rasgadas e, com elas, as folhas das plantas miraginárias.

Cirrus babava de raiva, andava em círculos, e batia nos cantos da sala com a cauda, não havia como detê-lo.

Procurei pelo soldado na carnificina para que ele acabasse com a bagunça. Ele apareceu, cambaleante, com um dos meus vestidos de verão. As alças caíam-lhe sobre os ombros, o tronco muito largo deformava o tecido. Ele cantava uma canção de Anna. As poucas palavras que se destacavam no tom baixo gutural e áspero tinham sido roídas pelo álcool, engolidas na sombra da garganta. Ele mais bebia as palavras do que as formulava. Seu canto era a trilha sonora rebobinada antes da linguagem.

A botanista não se mexia mais, sua pele estava toda coberta por uma casca. Havia se transformado numa árvore de inverno.

De repente, me senti totalmente desfeita, em mil pedaços, sem ter para onde seguir. Quando viu minha cara triste e as mãos tremendo, o soldado tirou o vestido. Ele não se parecia mais com nada, uma figura magricela, e eu entendi que aquilo era exatamente o reflexo do meu estado psíquico, aquela forma invertida, com a coluna vertebral quebrada.

Cirrus deu mais uma volta, a tempo de os últimos papéis que voavam caírem no chão, depois desapareceu com o soldado, me deixando sozinha ao amanhecer, em meio aos estilhaços brancos da minha identidade fragmentada, meu herbário, a nostalgia dos meus ouvidos desaparecidos no silêncio sombrio.

# 71

"NILS OYAT, ESPECIALISTA EM HETEROGENIA."

Lembrei da fotografia daquela placa.

No verbete "heterogenia", o dicionário especificava: "Produção de um organismo vivo sem o apoio de organismos preexistentes da mesma espécie".

A definição poderia ter sido diferente, tanto faz, eu só precisava de ajuda e tinha um endereço, era o suficiente.

Quando empurrei a pesada porta verde de Nils Oyat, é claro que não esperava estar diante dele, pronto para me abrir.

Nils Oyat não se parecia com um especialista, lembrava mais um corretor de seguros. Ele aproveitou nosso aperto de mão para me levar ao seu "consultório", uma pequena sala de estar montada como um estúdio de televisão, anexa a uma sala vazia e branca com poltronas dispostas em torno de uma mesa, sob uma iluminação fria.

Puxei uma das cadeiras e falei sobre a surdez, a perda progressiva, o aparecimento do cachorro, do soldado e da botanista, as doenças de uns e de outros, as crises até o evento mais recente com meu herbário sonoro destruído e a perspectiva do implante.

Num tom confiante, ele se ofereceu para nos receber, íamos resolver o caso, apontar os sintomas e adaptar as soluções para cada um.

"Vi outros, assim como você, sabe, pobres, cegos, mudos, epiléticos, paralíticos, cancerosos, macrocéfalos, microcéfalos, filhos e netos da guerra da Argélia, pés chatos, asmáticos, testas de ferro, gagos, hálitos fortes, escultores amputados de uma mão, vendedores tímidos, ejaculadores precoces, edipianos."

Tudo o que ele dizia era legendado em amarelo, em uma tela à minha frente. Nils Oyat era o homem certo.

Ele falava comigo por trás de uma aparência suave, a voz imperturbável, os gestos precisos do político ressaltando abertura e franqueza.

Então, me convidou para sentar atrás de um púlpito de acrílico e, como em um programa de TV, o soldado entrou em silêncio, bem preparado. Seus cachos penteados com gel o tornavam estranho, e o casaco, que era muito grande, o deixava ainda mais miserável. À medida que ele se aproximava, eu podia ver a maquiagem brilhando na pele. Sob as luzes frias, parecia um defunto preparado para ser velado. Ele se sentou desconfortável atrás do púlpito e começou a contar memórias confusas:

"Faltavam trinta e cinco quilômetros, três dias a galopar pelo vale, com o cadáver inchado que exalava a quilômetros de distância, invadido pelos horríveis líquidos em putrefacção. Mais de trinta e cinco quilômetros, mais de três dias a galope, com um pouco de sorte, sim, mais de trinta e cinco quilômetros."

Pelo fluxo truncado e pelas palavras entrecortadas na tela, percebi que ele estava sob o efeito de drogas.

"Você se sente no limite? O que o impede de estar onde você precisa estar?", perguntou Nils Oyat.

O soldado contou a história dos pregos de seus sapatos que precisou tirar para marcar o nome no túmulo do companheiro.

Não ouvir seus passos era a confirmação de que ele já não existia. Só a cocaína o fazia se sentir um pouco vivo.

"Você conhece o apelido dessa substância?"

"Não."

"Pó salpicado de estrelas. Sabe, quando perguntaram a um autor desconhecido se estava confiante quanto ao futuro da civilização, ele respondeu que sim, porque pensava que o ser humano era a única espécie animal que falava com as estrelas."

"Um escritor, *pfff*, pode sempre recomeçar algo imperfeito. A vida não, o que vivemos não pode ser corrigido nem descartado. Isso é terrível."

"Existe uma abertura, e você entendeu isso no pó das estrelas, mas agora apelo à sua imaginação, que é saudável. Estou falando de reparação simbólica. O que nos diferencia dos animais é a nossa imaginação. Você sente que tem uma dívida com as pessoas que morreram?"

"Sinto."

Nils Oyat concluiu que o soldado tinha síndrome da língua fissurada.

"Que doença é essa?", eu perguntei.

"Não é uma doença, mas um mal no dizer."

Refleti por muito tempo e pensei que se o silêncio fazia parte da linguagem, não era o oposto dela, mas sim uma entidade intrínseca à língua.

O silêncio é um lugar onde se pode morar na linguagem. O silêncio liberta imagens e palavras que a linguagem detém. Eu não estava perdida, estava no caminho.

# 72

DOIS HOMENS ENTRARAM puxando um carrinho de mão, levavam a botanista, que se transformara em tronco de árvore. Eles a deixaram de frente para um púlpito, entre mim e o soldado.

"Não se preocupe, as árvores podem ser imortais", disse Nils Oyat diante de nosso semblante preocupado.

"Mas ela não pode mais falar."

"É preciso pensar nela como uma presença encarregada de escavar o que está preso em nós", precisou Nils Oyat.

Eu e o soldado nos entreolhamos e num instante senti que nós dois compartilhávamos do mesmo medo de estar na presença de um charlatão. Mas o olhar incisivo de Nils Oyat eliminou tal suspeita e reavivou nossa confiança.

"Já que não podemos interrogar a nossa convidada diretamente, pode me falar dela?"

Contei, então, do nosso encontro, e depois das plantas miraginárias.

"A última foi o líquen elástico. É uma planta cujo sistema reprodutivo não passa, como em outras plantas sem flores, pelos esporos, mas sim por suspiros. Acho que é a minha favorita, mas a botanista teve de suspender a pesquisa por causa da doença da casca."

"Da sua dificuldade ao dizer 'esfolada'", retificou Nils Oyat.

Ignorei a intervenção e continuei:

"Tinha confiado a ela o meu herbário sonoro."

"Que herbário é esse?"

"Eu registava os sons como os ouvia antes da perda auditiva para manter o registro, mas Cirrus destruiu junto com as flores da botanista."

"Você sabe que 'esfolar' é quase o anagrama de flores? E indica 'uma alteração no timbre' ou, referindo-se a uma pessoa, uma 'ligeira alteração mental'. Você tentou congelar essa alteração, mas o seu cachorro a salvou."

"Quer dizer que sou alienada?"

"Não alienada, *en*lienada."

"Mas as plantas são inteligentes, não é? É o que dizem. O herbário sonoro era a minha biblioteca dos sentidos. Ele me permitiu entender o que eu tinha perdido, para que pudesse reconstruir as atmosferas sonoras anteriores."

"É, mas o herbário é feito de flores secas, plantas mortas."

"Mas quando a gente olha para essas flores elas nos lembram da vida."

"Não. Para estar vivo, é preciso poder hesitar. Errar faz parte da vida, daí a expressão 'falhar'. O mundo sonoro é feito de hesitações, você tem que aceitar isso de novo."

Não entendi bem, por isso perguntei:

"Por que a botanista se transformou em árvore?"

"Porque você se congelou, enraizada em suas presenças traumáticas."

# 73

"EXISTE A REPARAÇÃO SIMBÓLICA pela terapia das formigas. O que nos diferencia dos animais e das plantas é a imaginação. A vida é um teatro simbólico e as formigas nos ajudam a reparar o nosso palco interior."

"As formigas?"

A pergunta do soldado apareceu em letras maiúsculas na legenda.

"É, elas são as que mais se parecem conosco, uma organização social na qual cada indivíduo tem um papel a desempenhar."

"A organização social é uma coisa de máscaras", interrompeu, revoltado, o soldado, "máscaras que a vida nos atribui em função dos nossos papéis. Mas quando estamos sozinhos, completamente sozinhos, sem ninguém a nos observar, que máscara podemos usar?"

"Por isso é necessário recriar a conexão, desempenhar um papel junto a si mesmo, pelas formigas, para aprender a jogar sem máscara, dentro de si mesmo, para si mesmo", respondeu Nils Oyat com os olhos brilhantes, acinzentados pela reviravolta da conversa.

"Não acredito em terapia de insetos. De qualquer forma, todos nós acabamos no estômago dos insetos. São as larvas, as larvas das moscas, que se alimentam dos nossos restos..."

"Mas as formigas têm uma reputação melhor do que as moscas. No Talmude, elas são o símbolo da honestidade. Para o budismo tibetano, as formigas representam o irrisório da atividade materialista. Acreditem em mim, a terapia das formigas provou ser eficaz porque elas resistem a tudo. Em 1945, só as formigas sobreviveram às explosões nucleares."

## 74

EU TINHA APENAS ALGUNS DIAS para decidir se ia ou não fazer o implante. Era necessário agendar a cirurgia, havia poucos lugares, e a contagem regressiva tinha começado.

Lembrei da frase da psicóloga durante a internação: "Seu cérebro vai esquecer o que antes fazia sentido".

Tudo precisaria ser reconstruído.

Eu imaginava a mão de Thomas sobre a antena presa na minha cabeça, o som do chiado dos dedos em meu cabelo, a voz metálica me perguntando: "Tá tudo bem?", e eu lhe respondendo com uma voz sussurrante: "Tá tudo bem, meu amor".

Os sons da cidade esmagariam o meu crânio de tão próximos dos meus ouvidos, como se eu fosse o ponto de chegada de um anel viário, mas eu também ouviria Thomas falando sobre nosso novo apartamento à prova de ruídos, o olhar voltado para uma andorinha cujo canto de primavera marcaria mais um dia chegando ao fim.

Perguntei para Thomas: "Você acha que eu seria feliz implantada?".

Ele olhou para mim, um pouco assustado, então riu e disse que seria melhor eu me ocupar, *mas não muito*.

"O que você quer dizer com isso? Acha que estou louca?"
Ele me entregou o formulário de *declaração de impostos* para fazer.

# 75

A TERAPIA DAS FORMIGAS começou, Nils Oyat distribuiu as funções.

Para a botanista, *através* do cachorro, confiou a tarefa de encontrar uma espécie de formiga capaz de roer os galhos para separar-se do hospedeiro, ou seja, de mim.

Quanto ao soldado, o terapeuta lhe deu instruções para salvar uma formiga de um campo de batalha.

"As formigas que estão prontas para morrer no front são silenciosas", explicou Nils Oyat, "e é esse chamado que você precisa ouvir."

Comecei a achar que talvez Nils Oyat fosse o mais doente de todos nós, com a sua *formimania*.

Esperei pela minha vez, mas ele já havia terminado.

"E eu?", perguntei.

"O que você quer dizer com isso?", Nils Oyat me respondeu. "Aqui tratamos apenas dos sintomas."

# 76

ENQUANTO OS MEUS SINTOMAS estavam dedicados às formigas, dei seguimento à vida concreta: o trabalho me permitia não pensar demais, ignorando a angústia. Na cantina, meus colegas reservavam um lugar para mim, mas os sorrisos constrangidos atravessavam o meu córtex como um abutre.

Eu cheirava a cachorro molhado, meu hálito, a vegetação rasteira. Eu precisava tomar uma decisão. Era só minha e ainda assim me escapava por completo. A escolha que fizesse mudaria o curso da minha existência sem que eu soubesse se mais tarde diria: "Fiz certo".

"Tudo vai ficar bem", dizia minha mãe.

O que ela sabia? O que toda essa gente sabia?

Eu era ouvinte.

Eu era surda.

Mais ouvinte do que surda, pois eu preenchia as fissuras da língua com linguagem.

Mas ouvir era ter acesso à linguagem?

Sim. E não.

Porque ouvir não é escutar. Como olhar não é ver. Eu sabia escutar, mas não conseguia mais ouvir. E ainda assim, todo esse tempo, tinha entendido a linguagem.

Eu tinha me escutado escutar, talvez quando fiquei totalmente surda. Ao fazer o implante, eu poderia ouvir de novo e não me escutar escutando mais. Isso eu não podia deixar passar.

Anotei:

1. Pode-se olhar vendo; não se pode ouvir ouvindo.
2. Podemos ver olhando. Mas podemos ouvir escutando?

Rasguei o papel e liguei para o hospital:

"Pensei melhor e, diante do resultado favorável dos exames, desejo fazer o implante."

# 77

NILS OYAT ME RECEBEU para uma consulta individual.

"Estou completamente desesperada."

"Sério?"

Ele olhou para mim com ar de cúmplice, mas não me sentia cúmplice de ninguém, nem de nada.

"O ser humano é cheio de esperança e desespero", ele retomou, "se o desespero prevalecesse constantemente, todos sucumbiriam, e, como não é razoável manter a esperança neste mundo em que vivemos, essa é a maior prova de que o ser humano não é racional. O renascimento de algo tão absurdo como a esperança mostra que você vai aguentar, e que não é a razão, mas a insensatez que vai fazer você superar essa situação. Use-a para seguir em frente, não olhe para o aspecto racional das coisas, Louise, mas tire da loucura a força para crescer. Ver o mundo fraturado é provavelmente a melhor coisa que já lhe aconteceu, porque, na verdade, noventa e cinco por cento da matéria do universo é desconhecida. Só sabemos que não é feita de átomos, não é feita da mesma forma que nós e as estrelas, e essa massa desconhecida, esse grande buraco, pode ser usado como uma metáfora para tudo o que nos escapa. Provavelmente nunca conseguiremos decifrar essa linguagem fissurada. Por isso é preciso aceitar esse vazio para percorrer nossos caminhos sem muletas."

Nils Oyat explicou minha necessidade de agarrar-me aos fantasmas traumáticos para construir a ponte suspensa sobre a qual eu me encontrava. Mas, agora, era preciso me desfazer dela.

Deixar o soldado, a botanista e o cachorro irem embora se eu não quisesse desaparecer.

Eram eles ou eu.

# 78

"A HISTÓRIA DA GUERRA DOS SETE ANOS, na América profunda, uma menina vive como algodão, deve seguir a floresta com um Peul."

Exclamação do Thomas, comentário da minha mãe.

Eu não tentei dar algum significado, apenas deixei as palavras fluírem. Tinha decidido não me preocupar com mais nada. Sofri demais me esforçando em fazer perguntas, expressando o que não compreendia, ouvindo de novo uma segunda frase para compreender a primeira, divagando entre as interpretações possíveis. Eu queria férias do sentido uma última vez antes do implante. Me soltar antes da corrida de obstáculos à minha espera. Não estar em jogo, cercada de palavras, antes de ter que rastreá-las, de ser notada por jalecos brancos na minha corrida para recuperá-las.

"Fala baixo, como os adoçantes."

Servi meu refrigerante rindo.

"Emilien Dussan, costas engolidas."

Imaginava o corpo de um homem a entrar nas barbatanas de uma baleia.

"Um caranguejo viola e a garagem de uma fábula."

Eu viajava nas imagens de uma garagem no fundo do oceano (ou na cidade de Cartago), dos dedos de caranguejo de Thomas se enlaçando aos meus, da boca da minha mãe se abrindo, revelando traços de batom nos dentes.

Os soluços do riso da minha mãe ricocheteavam nas paredes, apagavam-se em contato com o garfo em sua boca. Os lábios de Thomas se beliscavam quando ele olhava para mim. Talvez estivesse aborrecido por me ver de costas, o corpo caído na cadeira, os dedos moles, tão passiva. O que ele não sabia é que se tratava de uma rendição provisória. Pela primeira vez, eu tinha prazer nisso, as ondas sonoras flutuavam na atmosfera, eu me apoiava no vibrato da voz de Thomas como se fosse areia quente, e suas saliências agudas faziam meus olhos saltarem como a espuma do mar. Eu observava sua mastigação deslocada — mandíbula direita, mandíbula esquerda — e os olhos franzidos da minha mãe significavam que ela se sentia bem.

Pela primeira vez, eu não os invejava, ao entender tudo sem esforço, eles devem ficar entediados.

Pela primeira vez, a vida dos ouvintes me pareceu maçante.

"O chá panha."

"Estaremos esperando", disse minha mãe.

"Brindaremos quando estiver feito."

Thomas articula tudo, me encara, repete até eu entender.

"Para que você ouça as bolhas."

Pensei: Podemos ouvir o borbulhar das bolhas?

# 79

NA MANHÃ DA OPERAÇÃO, eu batia os dentes. O calor do corpo de Thomas não resolvia muita coisa, era uma travessia solitária, eu estava sozinha em mar aberto, o corpo congelado pelo abandono em uma ilha sonora. Eu era como um náufrago esperando pelo barco que me levaria de volta ao continente com medo de o perder. O brilho do dia nos lençóis, as pálpebras inchadas de Thomas, o azulejo da sala, nada era suficiente para ressuscitar o que me era familiar.

Eu não gostava dos finais. Terminar uma refeição, um chá, sempre me pareceu impossível. Sempre contemplava a borra de café no fundo da xícara. A ponto de minha mãe rir de mim: é um oráculo? Ela não estava errada, eu lia todas as possibilidades. Terminar era abandoná-las. "É apenas café", ironizava Thomas.

Mas era muito escuro.

"Autorização?", minha mãe me pediu a caminho do hospital. A palavra *autorização* saltando em seu papo como um peixe na boca do pelicano.

Consegui entender, mas pedi que ela repetisse apenas para rever sua mímica e para ter direito a uma compensação, senti que estava roubando algo da existência. O peixe-autorização na garganta da minha mãe era menor do que o da primeira vez, mas ele ainda conseguiu me fazer sorrir.

Então?

Minha mãe estava impaciente, convencida de que eu tinha esquecido o documento. Ela estava com medo. Fiquei zangada com ela por isso. Era meu medo e ela não suportava o medo dos outros. Mas, olhando para o rosto liso de Thomas, os olhos cinzentos que, como os da minha mãe, esperavam ver a autorização, não tive coragem de me irritar e tirei da bolsa o papel para a operação "em ambulatório".

Achei que a formulação estava um pouco fora de lugar, como se a operação fosse acontecer no meio do nada, em um corredor, apressadamente. Um cirurgião apareceria, lanterna na cabeça, para me prender na maca e manipular meus órgãos no meio da saturação hospitalar. Não, "ambulatório" era apenas para dizer que sairíamos do hospital naquela mesma noite e, se tudo corresse bem, eu estaria de volta em casa, com uma atadura na cabeça e em silêncio.

Quando cheguei ao hospital, a porta de vidro parecia muito mais brilhante do que da última vez. Abria-se automaticamente. Já não éramos nós que fazíamos as coisas, era o hospital que ia decidir por nós. Eu era apenas uma parte da vida real que seria mais afinada com a realidade.

Com o implante, eu poderia ter uma audição de oito mil hertz, me aproximando vagamente dos quinze mil hertz de um ouvinte da minha idade, explicou o fonoaudiólogo.

Nos corredores para chegarmos à recepção, os vidros captavam o brilho do fio do meu aparelho auditivo, um pequeno filamento na longa travessia, e eu pensava naqueles peixes que explodiam com a pressão da água quando subiam à superfície.

"Cadê a Anna?", perguntei. "Por que a Anna não veio?"

A autorização tremia entre minhas pernas.

Com seus olhos de mar agitado, Thomas apoiou a autorização em uma cadeira vazia, ao lado da cara preocupada de minha mãe. Ele envolveu meus dedos com as mãos, como um buquê apertado, e tentou me distrair com aquele buquê de unhas completamente roídas. Depois, com um ar arrependido, disse: "Esquece a Anna, isso não importa agora".

Tudo aconteceu muito rapidamente: a brancura das paredes, o piso pegajoso e o cheiro de antisséptico, de curativos, de alvejante. Ao chegar à sala da cirurgia, não vi mais o rosto de Thomas e da minha mãe e logo percebi a presença de homens mascarados. Antes de me deitarem na maca, rasparam o cabelo em volta da minha orelha. Sentia frio com meu avental de hospital aberto. Fechei os olhos para esquecer os estalos e as luzes frias que me beliscavam a pele. Sob minhas pálpebras fechadas, vi novamente Anna e o soldado, seus olhos ternos voltados para mim.

Senti os sobressaltos da maca. A corrente de ar me fez abrir os olhos, inflar a minha pele, eu estava sendo levada para a cirurgia. Via as luzes frias rolando com lentidão, os corredores passando. A luz mudou, eu estava na sala de cirurgia.

Eles me amarraram, o anestesista fez o sinal de o.k. com a mão. Injetou uma substância no catéter.

## 80

NA MINHA CASA ESCURA, no chão de terra batida, apenas alguns raios de luz atravessam as paredes. Consigo distinguir formas, outras pessoas se movendo, as silhuetas no escuro. Um último lampejo e a casa se desfaz, o vento entra pelos espaços, a força do vento imobiliza meu corpo, o mantém na vertical. As silhuetas avançam em tropeços, como que embriagadas, os impulsos são cortados, os gestos, suspensos, os sons se desfazem no vento, um sopro gelado entra no meu ouvido.

*Conferência de fanfarrões bêbados*
*Mandíbula que mastiga os Pireneus*
*Calota polar abandonada*
*Canto difônico de Crocs verdes*
*Avalanche de bilboquês*

A marca FSC® é a garantia de que a madeira utilizada na fabricação do papel deste livro provém de florestas gerenciadas de maneira ambientalmente correta, socialmente justa e economicamente viável e de outras fontes de origem controlada.

Copyright © 2022 Éditions Grasset & Fasquelle
Copyright da tradução © 2023 Editora Fósforo

Todos os direitos reservados. Nenhuma parte desta obra pode ser reproduzida, arquivada ou transmitida de nenhuma forma ou por nenhum meio sem a permissão expressa e por escrito da Editora Fósforo.

INSTITUT
FRANÇAIS

AMBASSADE
DE FRANCE
AU BRÉSIL
*Liberté*
*Égalité*
*Fraternité*

*Cet ouvrage a bénéficié du soutien des Programmes d'aides à la publication de l'Institut Français.* [Este livro contou com o apoio à publicação do Institut Français.]

Título original: *Les Méduses n'ont pas d'oreilles*

EDITORA Juliana de A. Rodrigues
EDIÇÃO Cristina Yamazaki
ASSISTENTE EDITORIAL Millena Machado
PREPARAÇÃO Gabriela Rocha
REVISÃO Paula B. P. Mendes e Livia Lima
DIRETORA DE ARTE Julia Monteiro
CAPA Mateus Rodrigues
ILUSTRAÇÃO DE CAPA Ing Lee
PROJETO GRÁFICO Alles Blau
EDITORAÇÃO ELETRÔNICA Página Viva

Dados Internacionais de Catalogação na Publicação (CIP)
(Câmara Brasileira do Livro, SP, Brasil)

Rosenfeld, Adèle
  Águas-vivas não têm ouvidos / Adèle Rosenfeld ; tradução Flavia Lago. — São Paulo : Fósforo, 2023.

  Título original: Les Méduses n'ont pas d'oreilles
  ISBN: 978-65-6000-000-1

  1. Romance francês I. Título.

23-154017                                                  CDD — 843

Índice para catálogo sistemático:
1. Romances : Literatura francesa    843
Eliane de Freitas Leite — Bibliotecária — CRB-8/8415

Editora Fósforo
Rua 24 de Maio, 270/276, 10º andar, salas 1 e 2 — República
01041-001 — São Paulo, SP, Brasil — Tel: (11) 3224.2055
contato@fosforoeditora.com.br / www.fosforoeditora.com.br

Este livro foi composto em GT Alpina e
GT Flexa e impresso pela Ipsis em papel
Pólen Natural 80 g/m² da Suzano para a
Editora Fósforo em maio de 2023.